블레이드 헌터

김정률 판타지 장편소설
FANTASYSTORY & ADVENTURE

Blade Hunter

9

dream books
드림북스

블레이드 헌터 9
아버지를 찾아 베텔 왕국으로

초판 1쇄 인쇄 / 2011년 12월 26일
초판 1쇄 발행 / 2012년 1월 6일

지은이 / 김정률

발행인 / 오영배
편집팀장 / 신동철
책임편집 / 윤상현
편집디자인 / 신경선
펴낸 곳 / (주)삼양출판사 · 드림북스

주소 / 서울특별시 강북구 송천동 322-10호
대표 전화 / 02-980-2112 팩스 / 02-983-0660
편집부 전화 / 02-980-2116 팩스 / 02-983-8201
블로그 / blog.naver.com/dreambookss

등록번호 / 제9-00046호
등록일자 / 1999년 3월 11일

ⓒ 김정률, 2011

값 8,000원

(주)삼양출판사 · 드림북스의 서면 허락 없이는 어떠한
형태나 수단으로도 이 책의 내용을 이용하지 못합니다.

ISBN 978-89-542-4446-6   04810
ISBN 978-89-542-4200-4   (세트)

* 지은이와 협의하에 인지는 생략합니다.
* 잘못된 책은 구입한 곳에서 바꾸어 드립니다.

Blade Hunter

블레이드 헌터

김정률 판타지 장편소설
FANTASY STORY & ADVENTURE

9

아버지를 찾아 빠텔 왕국으로

★
dream books
드림북스

Blade Hunter

9

블레이드 헌터

Contents

- 제1장   루드비히와의 승부 · 007
- 제2장   방심의 대가 · 037
- 제3장   가문을 위해 희생하거라 · 063
- 제4장   주군, 저를 보내주십시오 · 093
- 제5장   집요한 영입 제의 · 119
- 제6장   베텔 왕국의 요지경 정세 · 149
- 제7장   내가 바로 당신의 아들입니다 · 179
- 제8장   왕실에 대한 트레모어 공작가의 반격 · 213
- 제9장   기사대전에 모습을 드러낸 빛나는 검 · 239
- 제10장 주군을 위해 널 처단하겠다 · 265

제1장
루드비히와의 승부

봄이 찾아왔다. 메마른 대지에 새싹이 텄고 겨울을 버텨 낸 초목에 생기가 돌기 시작했다. 아스트리아 제국에서 멀리 떨어진 서쪽 평원에서의 일이었다.

풀이 무성해지자 자연히 초식 동물들의 개체 수가 늘어났다. 초식 동물을 잡아먹고 사는 포식자들의 식량 수급 또한 원활해질 수밖에 없었다. 그에 따라 서쪽 평원을 지배하는 포식자 중 하나인 오크 무리도 대이동을 시작했다. 겨울이 되어 사냥터를 넓혔던 오크들이 다시금 원래의 영역으로 되돌아간 것이다. 그러자 외곽의 오크들도 원래 살던 곳으로 이주를 시작했다. 서쪽 평원 대부분의 지역에서 비슷한 현상이 목격되었다.

봄이 오자 오크들은 더 이상 동쪽으로 몰려들지 않았다. 당장 웨스트가드 성벽으로 향하는 오크들의 수가 눈에 띄게 줄어버렸다. 성벽을 공략하던 오크들도 하나둘 서쪽으로 발길을 돌렸다. 굳이 피 튀기며 인간들과 혈전을 치르지 않아도 먹을 것을 구할 수 있기 때문이었다.

물론 그 수는 극히 적었다. 거듭된 전투에서 살아남은 극소수만이 고향으로 발길을 돌릴 수 있었다. 그러지 못한 오크들의 육신은 동료들의 배 속으로 사라진 지 오래였다.

철수하는 오크 무리를 보며 힘없는 음성이 흘러나왔다. 곳곳에 균열이 가고 허물어진 성벽 위에서 흘러나오는 목소리였다.

"이제 끝난 건가?"

남루한 차림새를 한 초췌한 안색의 병사들, 하나같이 얼굴에서 피로감이 묻어나오고 있었다. 그럴 것이 그들은 성벽에 배치된 이후 단 하루도 쉬어본 적이 없었다. 새우잠은 기본이었고 어떨 때는 며칠 동안 굶주리며 싸워야 했다. 오크 무리가 쉴 새를 주지 않고 계속해서 들이닥쳤기 때문이었다. 지금까지 치러왔던 악전고투를 떠올리자 병사들이 몸을 부르르 떨었다.

"정말 끔찍해. 두 번 다시 생각하고 싶지 않아."

"오크 놈들. 정말 끝도 없이 몰려들었어."

특히 그것은 웨스트가드 성벽에 배치된 지 몇 년이 지난 장교들에게는 더욱 끔찍한 경험이었다.

"겨울을 세 번 맞이해봤지만 이토록 힘든 적은 처음이었어. 앞의 두 번을 합친 것보다도 더 힘들었어."

지친 병사들이 여기저기서 풀썩풀썩 주저앉았다. 평소라면 장교들의 불호령이 떨어졌을 것이다. 그러나 그것을 탓하는 장교들은 아무도 없었다. 당장 장교들만 해도 체면 따위 아랑곳하지 않고 아무 곳에나 드러눕기 일쑤였다. 이것은 아그리아 공작 가문에서 관할하는 웨스트가드의 북쪽 성벽에서 벌어진 일이었다.

겨울 내내 행해진 오크의 습격은 아그리아 공작가에 엄청난 타격을 안겨주었다. 성벽을 지키는 과정에서 수많은 병사들이 목숨을 잃었다. 그토록 견고하던 웨스트가드 성벽도 군데군데 허물어졌다. 성벽의 일각을 점령하자 오크들이 분풀이라도 하듯 성벽을 허물어버린 것이다.

웨스트가드 성벽에 배치된 병사들은 실로 힘든 겨울을 나야 했다. 성을 지키는 병사들은 보충병이 도착하기도 전에 속속 죽어나갔다. 아그리아 공작가에서 하루가 멀다 하고 보충 병력과 보급 물자를 보냈지만 그것은 마치 밑 빠진 독에 물 붓기나 마찬가지였다.

아그리아 공작의 안색은 무척이나 초췌했다. 단 몇 개월 사이에 10년은 늙어버린 것 같았다. 속속 올라오는 보고는 그의 이마에 주름살이 잡히게 만드는 데 모자람이 없었다.

"상황이 이토록 악화되다니 믿을 수가 없군."

보고서를 들여다보던 아그리아 공작이 길게 한숨을 내쉬었다. 아그리아 공작가는 이번 겨울 동안 실로 엄청난 타격을 입었다. 헤아릴 수 없는 병사들이 전사했으며 비싼 대가를 치르고 고용한 용병들의 손실률도 평균 수준을 넘어섰다. 웨스트가드 성벽으로 몰려드는 오크의 수가 평소의 배가 넘었기 때문이었다. 아그리아 공작이 연신 분통을 터뜨렸다.

"도대체 어떻게 해서 와이번 무리가 그곳에 자리를 잡았단 말인가? 그것도 한두 마리가 아니라 천 마리가 넘는 대규모 무리가 말이다."

모든 것은 서쪽 평원의 초입에 위치한 남쪽 돌산에 대규모 와이번 무리가 둥지를 틀면서 비롯되었다.

와이번은 오크들이 극히 두려워하는 포식자이다. 인간과는 달리 오크들은 와이번을 보면 꽁지가 빠지게 도주한다. 자유자재로 날아다니는 와이번에겐 도저히 저항할 방도가 없었기 때문이었다.

그런 와이번이 웨스트가드 성벽으로 통하는 진입로에 무려 천 마리가 넘게 둥지를 틀었다. 그로 인해 오크들은 죄다 북쪽 성벽으로만 몰려들었다. 감히 남쪽 성벽으로 접근하는 간 큰 오크는 존재하지 않았다.

 이후 두 귀족 가문의 운명은 판이하게 뒤바뀌었다. 북쪽 성벽을 방어하는 아그리아 공작가의 병력은 평소의 두 배가 넘는 오크 무리를 매우 힘겹게 막아내야 했다. 와이번을 겁낸 오크 무리가 오로지 북쪽으로만 공세를 집중시켰기 때문이었다.

 반면 남쪽의 루카스 후작가의 경우 매우 평안하게 겨울을 날 수 있었다. 천 마리가 넘는 와이번이 도사리고 있는 남쪽으로 접어드는 오크는 없었다. 성벽의 태반이 무너졌음에도 불구하고 말이다. 간혹 길 잃은 무리가 진입했지만 죄다 와이번의 먹잇감이 되어 물려갈 뿐이었다.

 험준한 돌산에 둥지를 튼 와이번 무리는 주기적으로 북쪽으로 날아가 오크를 낚아채어갔다. 그 모습을 본 오크들은 겁을 먹고 더더욱 북쪽으로 이동했다. 자연히 오크의 공세가 웨스트가드 성벽의 최북단으로 집중될 수탁에 없는 상황이었다.

 그 결과 아그리아 공작가는 성벽을 지켜내는 데 심각할 정도의 인적, 물적 자원을 소모해야 했다. 아그리아 공작이 전혀 상상하지 못한 방향으로 일이 진행된 것이다. 초췌한 아그리아 공작의 얼굴에 회한이 서렸다.

 "이럴 줄 알았다면 웨스트가드의 남쪽 성벽을 무너뜨리

지 않는 것인데 말이야."

그랬다면 오크 무리의 침공을 루카스 후작가와 사이좋게 나눠서 막아낼 수 있었을 것이다. 그러나 그는 심보 한번 나쁘게 썼다가 톡톡히 덤터기를 쓰고 말았다.

애초에 웨스트가드 성벽을 무너뜨린 목적은 루카스 후작가에 부담을 안겨주기 위함이었다. 그런데 느닷없이 와이번 무리가 출몰하여 상황을 뒤집어버리고 말았다.

"도대체 놈들이 어떻게 와이번 무리를 끌어들였을까? 도저히 이해할 수가 없군."

아그리아 공작은 일이 꼬인 이유를 어렴풋이 추정하고 있었다. 와이번 무리가 남쪽 돌산에 둥지를 튼 데에는 틀림없이 루카스 후작가에 가세한 드래곤이 영향력을 행사했을 것이란 사실을 말이다.

루카스 후작가는 허물어진 웨스트가드 성벽을 복구하는 대신 남쪽에 있는 돌산을 다듬기 시작했다. 실로 많은 인부들이 그 작업에 투입되었다.

처음 그 소식을 들었을 때 아그리아 공작은 그것을 멍청한 짓으로 치부했다. 그곳에 요새를 건설해 봐야 오크들이 멀찍이 우회해버리면 그만이었기 때문이었다. 하지만 투입된 인부들은 요새를 건설하는 것이 아니었다. 돌산을 깎아 와이번의 서식지를 만들어 천연의 방벽으로 삼으려는 작전이었다.

루카스 후작가가 추진한 작전은 여지없이 갖아떨어졌다. 겨울 내내 루카스 후작가가 관할하는 지역에 단 한 마리의 오크도 진입하지 못했으니 대성공이라고 볼 수 있었다. 머리가 빠지게 생각해 보아도 그 이유를 알아챌 수 없었다.

"한두 마리도 아니고 천 마리가 넘는 와이번을 도대체 어떻게 이주시켰을까?"

아그리아 공작은 설마 골드 드래곤이 와이번 무리의 우두머리일 것이라곤 생각하지 못했다. 그저 드래곤이 특유의 피어로 겁을 주어 와이번들을 모아들였을 것이라고만 추정했다.

처음 그 사실을 알아차렸을 때 아그리아 공작은 즉시 제도에 전갈을 보냈다. 연락을 받은 데칸 아그리아가 화들짝 놀라 황궁에 입궁해서 사안을 보고했다.

"서쪽 평원에 대규모 와이번 무리가 둥지를 틀었습니다. 벌써 수십 명의 병사들이 와이번에게 물려갔다고 합니다. 당장 각 영지에 통문을 돌려 와이번 무리를 토벌해야 합니다."

황제의 칙령을 이용해 와이번 무리를 처리하려는 계책이었다. 그러나 이미 루카스 후작가에서는 적절한 대응책을 마련해 둔 상태였다. 귀족들이 모인 대책 회의에서 카인베르크 루카스는 마법 영상 하나를 증거로 제시했다.

"비록 와이번이 인간을 물어가는 흉포한 몬스터이기는

하나 서쪽 평원의 오크를 막아내는 데 지대한 역할을 하고 있습니다. 이것을 한번 보십시오."

마법사들이 보여준 마법 영상에는 웨스트가드 성벽의 진입로에 굴러다니는 오크의 두개골들이 촬영되어 있었다. 실로 수를 헤아릴 수 없는 오크의 두개골들이 드넓은 평원에 마구 흩뿌려져 있었다.

"대충 세어본 결과 만 개가 넘었습니다. 족히 만 마리 이상의 오크가 와이번에게 물려가 밥이 되었다는 말입니다. 만 마리의 오크를 처리하려면 얼마만큼의 병력이 필요한지 떠올려 보십시오. 와이번의 존재는 아스트리아 제국에 결코 해가 되지 않습니다. 동남부의 와이번 서식지처럼 오크의 침략을 막는 천연의 방벽으로 이용할 수 있습니다."

"하지만 와이번 무리는 인간에게 크나큰 위협입니다. 이미 많은 병사들이 와이번의 둥지로 잡혀갔습니다."

데칸 아그리아가 끝까지 토벌을 주장했지만 이미 많은 준비를 한 카인베르크 루카스를 당해낼 수 없었다.

"오크의 침략을 막느라 전사하는 병사의 수와 와이번에게 물려가는 병사의 수를 한번 대조해 보십시오. 와이번 무리가 존재함으로써 희생되는 병사의 수가 현저히 적을 것입니다. 그대로 내버려 두는 것이 제국에 월등한 이익입니다."

갑론을박 끝에 결국 와이번 무리를 내버려두자는 결론이

내려졌다. 황제를 이용해 와이번 무리를 토벌하려는 아그리아 공작가의 의도가 무산되는 순간이었다.

아그리아 공작가는 거기에서 포기하지 않았다. 그들은 일단의 병력을 루카스 후작가의 영역에 침투시켜 독이 주입된 고기를 살포하려 했다. 그게 와이번을 처리하는 가장 효과적인 방법이었기 때문이었다.

하지만 거기에는 엄청난 위험부담이 뒤따랐다. 아직까지 물러가지 않은 오크 무리와 맞닥뜨리게 되면 많은 희생을 각오해야 한다. 성벽이 아닌 평원에서 전투를 벌일 경우 오크는 결코 얕잡아 볼 수 없는 놈들이었다. 수많은 희생에도 불구하고 그들은 필사적으로 임무를 완수하려 했다.

이를 가만 두고 볼 루카스 후작가가 아니었다. 그들은 수많은 정찰대를 내보내 아그리아 공작가의 특작 부대를 막았다. 그들이 살포한 독 먹이 역시 수단 방법을 가리지 않고 수거했다. 곳곳에서 두 병력 사이에 전투가 벌어지는 것은 필연이었다.

그러나 두 무리가 처한 상황은 판이하였다. 우선 아그리아 공작가의 특작 부대는 오크에 이어 와이번 무리의 기습까지 걱정해야 했다. 와이번들은 인간의 고기도 마다하지 않는 악식가들이기 때문에 많은 병사들이 와이번의 발톱에 낚아 채여 둥지로 끌려가야 했다.

반면 루카스 후작가의 정찰대는 사정이 닳이 달랐다. 이미 그들은 골드 드래곤 아슈레인의 표식이 새겨진 갑옷을 입고 있었다. 그 표식을 본 와이번 무리들은 일절 공격을 가하지 않았다. 오크 무리만 조심하면 와이번의 습격에 신경 쓰지 않고 무리 없이 평원을 돌아다닐 수 있는 것이다.

그들의 활약으로 인해 아그리아 공작가의 특작 부대는 좀처럼 임무를 완수하지 못했다. 그들이 살포하려던 독 먹이는 목적을 이루지 못하고 죄다 수거되었다.

그렇게 국경 지역에서 정찰대의 치열한 전투가 이어지는 사이, 루카스 후작가에서는 마지막 영토를 되찾기 위한 수순에 들어갔다. 몰락의 시초가 되었던 켈렌드리스 광산, 바로 그것을 수복하려는 것이다. 모든 준비를 마친 루카스 후작가에서는 공개적으로 아그리아 공작가에 서한을 보냈다.

—45년 전 영지전을 통해 빼앗긴 켈렌드리스 광산을 되찾고자 하오. 광산을 실제 소유하고 있다는 점을 감안해 귀 영지 측에 선택권을 드리겠소. 영지전이든 기사대전이든 모조리 받아들이겠소.

이미 루카스 후작가를 적극적으로 편들어주고 있는 황제가 허락을 마친 상태였다. 아그리아 공작가가 영지전이든 기사대전이든, 방법을 선택하기만 하면 곧장 승인이 떨어질 터였다.

 아그리아 공작가의 분위기는 착 가라앉아 있었다. 대부분의 가신들이 올 것이 왔구나 하는 표정을 짓고 있었다. 가신 회의의 분위기는 광산을 포기하자는 쪽으로 기울고 있었다.

 "현재로서는 방법이 없습니다. 승승장구하는 루카스 후작가의 기세를 도저히 꺾기 힘든 실정입니다."

 "루드비히님은 현재 가문에 남은 유일한 블레이드 오너이십니다. 우리 공작가의 입장에서는 광산이 빼앗기는 한이 있어도 보호해야 하는 존재이지요."

 아그리아 공작 역시 광산을 넘겨주기로 뜻을 굳힌 상태였다. 그럴 것이 루카스 후작가가 보유한 블레이드 헌터 리셀은 블레이드 오너에겐 그야말로 상극인 존재이다. 벌써 아그리아 공작가가 보유한 두 명의 블레이드 오너가 리셀의 손에 처참한 최후를 맞이했다.

 스티븐슨 백작가의 블레이드 오너 필리스는 비록 목숨을 잃지는 않았지만 엄청난 수모를 겪어야 했다. 그런 리셀이 도사리고 있는 루카스 후작가로부터 광산을 지킬 수 있는 가능성은 그야말로 희박했다. 그럴 바에야 순순히 넘겨주는 것이 현명한 판단이었다.

 그런데 뜻밖에도 루드비히 아그리아가 들이닥쳤다. 그가 거친 기세로 회의장 문을 열어젖혔다.

콰당.

회의장으로 걸어 들어오는 루드비히의 눈에는 핏발이 벌겋게 서 있었다.

"가주. 켈렌드리스 광산을 넘겨주기로 주장하는 자가 있다는 소릴 들었소. 그게 사실이오?"

극도로 흥분한 루드비히의 모습에 아그리아 공작이 침을 꿀꺽 삼켰다. 목소리를 높이던 가신들 역시 누구 하나 입을 열 엄두를 내지 못했다. 아그리아 공작이 조심스럽게 루드비히를 달랬다.

"아직까지 결정이 나지 않았습니다. 우선 고정하시지요."

"내가 고정하게 생겼소?"

바람도 불지 않았건만 루드비히의 수염과 머리칼이 부르르 떨리고 있었다.

블레이드 오너가 되어 렌테리아 마탑을 출관한 지 어언 45년, 그동안 루드비히는 수단 방법을 가리지 않고 가문의 부흥을 위해 힘써왔다. 아그리아 공작가를 아스트리아 제국 제1의 가문으로 만드는 데 가장 큰 공헌을 한 사람은 누가 뭐래도 루드비히였다.

아그리아 공작 가문이 부흥하게 된 시발점이 바로 켈렌드리스 광산이다. 아스트리아 제국에서 가장 많은 금 채굴량을 자랑하는 켈렌드리스 광산은 현재 아그리아 공작가가 누리는 부의 원천이었다. 그것을 바탕으로 아그리아 공작가는 지금의 방대한 영토를 손에 넣을 수 있었다.

그러나 루드비히가 생애 대부분을 바쳐서 손에 넣은 영토는 거의 다 원주인에게 빼앗긴 상태였다. 마지막 남은 켈렌드리스 광산마저 조건 없이 넘겨준다는 말을 들으니 기가 막힐 수밖에 없었다. 루드비히가 핏발 선 눈동자로 아그리아 공작을 쳐다보았다.

"기사대전을 주선해주시오. 내가 나가겠소."

그 말에 모든 가신들의 시선이 일시에 집중되었다. 난처한 듯 아그리아 공작이 떠듬떠듬 말을 이어나갔다.

"하, 하지만 지금으로선 욱일승천하는 루카스 후작가의 기세를 막을 수 없습니다. 훗날을 기약하는 것이 지금 상황에서는……"

"가주께서는 내가 질 것이라 생각하나 보구려."

"……."

"충분히 이해하오. 블레이드 오너는 블레이드 헌터의 상대가 되지 않는다는 것이 대부분의 세평이니까. 하지만 블레이드 헌터라고 해서 약점이 전혀 없는 것은 아니라오."

아그리아 공작이 깜짝 놀라 되물었다.

"블레이드 헌터에게도 약점이 있다는 말입니까?"

"그렇소. 지금까지 치러진 세 번의 기사대전을 철저히 분석해 보았지. 그 결과 충분히 승산이 있다는 결론이 나왔소. 블레이드 헌터에게는 그야말로 치명적인 약점이 존재하오."

그러나 아그리아 공작은 순순히 루드비히의 주장을 받아들이지 않았다.

"그것은 그리 섣불리 판단할 만한 문제가 아닌 것 같습니다. 무엇보다도 루드비히 숙부님은 우리 아그리아 공작가가 보유한 유일한 블레이드 오너이십니다. 루드비히 숙부님께서 잘못되신다면 아그리아 공작가의 블레이드 오너 전력은 모조리 사라지게 됩니다."

그 말에 루드비히가 눈매를 가늘게 좁혔다. 블레이드 오너가 한 명 더 있지 않으냐는 말이 목구멍까지 치밀어 올랐다.

'나에게까지 사실을 감추는 것인가?'

황제로부터 작위 승계를 받기 위해 수도로 올라오던 루카스 후작은 블레이드 오너의 습격을 받았다. 조사 결과 의문의 블레이드 오너는 록히드 백작가 소속의 카르멜로 밝혀졌다. 그로 인해 황제는 진노했다.

"당장 배후를 밝혀내도록 하라."

그러나 그를 배출해 낸 록히드 백작가는 책임 추궁을 받지 않았다. 블레이드 오너 카르멜이 편지 한 장을 남겨두고 오래전에 록히드 백작가를 떠났다는 사실이 증명되었기 때문이었다. 이후 카르멜은 황제의 칙령에 의해 아스트리아 제국 전체에 현상 수배령이 떨어진 상태였다.

루드비히는 카르멜의 소행에 일말의 의구심을 품고 있었다. 멀리 떨어진 록히드 백작령의 카르멜이 도대체 무슨 이유로 루카스 후작의 대열을 습격했을까? 아무리 생각해 보아도 카르멜이 그래야 할 이유가 없었다.

그의 깊은 눈빛이 트랜든 가주에게로 향했다. 카르멜은 틀림없이 트렌든 가주에 포섭되었을 것이다. 그리고 가주의 명령을 받고 루카스 후작을 습격했을 터였다. 그 이유 말고는 생각해 볼 수 있는 것이 없었다. 루드비히의 얼굴에 감탄의 빛이 어렸다.

'정말 철두철미한 성품이로군. 인정하긴 싫지만 트랜든 가주는 아그리아 공작 가문의 수장 자리에 가장 잘 어울리는 사람이야. 나도 모르게 블레이드 오너 한 명을 영입해 두다니 말이야.'

그러나 그 사실을 입 밖으로 낼 수는 없었다. 특히 가신들의 눈이 지켜보는 지금의 상황에서는 말이다. 조용히 얼굴을 푼 루드비히가 입을 열었다.

"가주. 내 나이도 어언 아흔이 넘었소."

가신들과 아그리아 공작은 아무런 말도 하지 않고 루드비히의 말을 조용히 듣고만 있었다.

"블레이드 오너의 수명이 보통 인간보다 월등히 길다는 사실을 인정하오. 나는 멀쩡하지만 아내는 오래전에 세상을 떠났소. 자식들도 대부분 아비보다 먼저 땅에 묻혔지. 그러나 블레이드 오너의 수명이 어느 정도인지는 확실하게 조사되지 않았소. 초대 블레이드 오너 로체스도 대략 백 세 전후에 세상을 떠났다고 하오."

세상에 처음으로 모습을 드러낸 블레이드 오너 로체스, 그러나 그의 죽음은 자연사가 아니었다. 더 강해지려는 욕심에 무리한 방법으로 수련하다 화를 당했다. 마나가 역류하여 그만 마나홀에 손상을 입은 것이다. 이후 로체스는 6개월가량을 시름시름 앓다 세상을 떠났다. 그의 나이 백여 세가 되던 해였다.

그러나 그 사실은 외부로 일절 알려지지 않았다. 외부에 알려진다면 렌테리아 마탑에서 배출한 블레이드 오너의 명성에 크나큰 타격을 입기 때문이었다. 해서 외부로는 로체스가 수명이 다 되어 자연사한 것으로 알려졌다. 그러나 이 자리에서 그 사실을 아는 사람은 오로지 루드비히뿐이었다.

"앞으로 살아 봐야 10년이오. 그런 상황에서 가문의 영광이 추락하는 것을 두 눈 뜨고 지켜만 보아야겠소? 차라리 죽더라도 전장에서 싸우다 산화하고 싶은 것이 이 늙은이의 소망이라오."

아그리아 공작이 숙연한 표정으로 고개를 주억거렸다. 어쨌거나 루드비히가 아그리아 공작가의 영광을 위해 평생을 바친 것은 부정할 수 없는 사실이었다. 긍정적인 반응을 보이는 가주를 보며 루드비히가 침을 꿀꺽 삼켰다.

'비밀리에 영입한 카르멜이 있으니 내가 패하더라도 아그리아 공작가의 블레이드 오너 전력이 모조리 사라지는 것은 아니다. 그렇다면 허락할 수밖에 없을 것이다.'

마음을 정리한 루드비히가 간곡한 어조로 가주를 설득했다.

"부디 기사대전을 성사시켜 주시오. 굳이 여러 명의 기사가 대전을 벌일 필요는 없소. 지금은 가급적 기사 전력을 아껴야 할 시기요. 본인과 루카스 후작가의 블레이드 헌터 리셀의 대전만 성사시키면 모든 것이 해결되오."

"하, 하지만……."

"날 믿어주시오. 결코 순순히 당하지 않겠소. 최악의 경우 놈의 팔이나 다리 하나라도 앗아가리다. 그리고 내 계산이 맞는다면……."

눈매를 좁힌 루드비히가 아그리아 공작의 눈을 뚫어지게 쳐다보았다.

"기사대전에서 놈을 처단할 수 있소. 나는 가능성을 50퍼센트 이상으로 보고 있소. 그렇게 되면 켈렌드리스 광산의 소유권을 지키는 것은 물론, 빼앗긴 영토도 도로 찾아올 수 있을 것이오. 저들과 마찬가지로 몰락 귀족들을 내세운다면 문제 될 것이 없지 않겠소?"

"그, 그게 정말이십니까?"

"그렇소."

주저 없이 다가간 루드비히가 아그리아 공작의 귓전에 대고 귀엣말로 속삭였다. 아그리아 공작의 안색이 환히 밝아지는 것을 보아 충분히 가능성이 있는 계획 같았다.
"어떻소? 내 생각이……."
아그리아 공작이 감탄 어린 표정으로 고개를 끄덕였다.
"훌륭하십니다. 누구도 생각하지 못한 점을 예리하게 짚으셨군요."
"1년이 넘게 분석한 결과요. 이제 이 늙은이의 소원을 받아주시겠소?"
아그리아 공작이 묵묵히 고개를 끄덕였다.
"알겠습니다. 기사대전을 제안하도록 하겠습니다. 단 한 명의 기사만을 출전시켜 광산의 소유권을 가리는 방식으로 말입니다."
루드비히의 주름진 노안에 경련이 일었다.
"정말 고맙소. 가주. 결코 오늘의 결정을 후회하지 않도록 만들어드리리다."
"숙부님을 믿겠습니다."

켈렌드리스 광산의 소유권을 놓고 벌이는 다툼은 결국 기사대전으로 귀결되었다. 아그리아 공작은 서한을 보내 영지전이 아니라 기사대전으로 모든 분쟁을 종결짓자고 선언했다. 여러 명의 기사가 등장하는 순환식 대전이 아니라 최고의 기사 한 명씩을 내보내는 한 번의 대전으로 모든 것이 판가름나는 것이다.

"설마 기사대전을 선택할 줄은 몰랐군."

뜻밖의 선택에 다소 얼떨떨하기는 했지만 엘빈은 아그리아 공작의 제안을 받아들였다. 그 사실은 황제의 공중을 거쳐 제국 전역의 귀족 가문으로 통보되었다.

—분쟁의 시발점이 되었던 켈렌드리스 광산의 소유권을 기사대전을 통해 가리기로 한다. 이 기사대전의 결과에 따라 광산의 소유권이 결정될 것이며 황제 폐하께서 파견하신 감찰관이 대전 과정을 공중하게 될 것이다. 횟수는 단 한 번, 두 가문이 보유한 최고의 기사가 단판으로 승부를 겨룰 것이다.

그로 인해 아스트리아 제국 전역이 들썩였다. 소문이 자자한 블레이드 헌터와 블레이드 오너가 다시 한 번 맞붙게 된 것이다.

두 가문에서 내보낼 기사는 뻔했다. 이미 세 명의 블레이드 오너를 침몰시켜 실력을 입증한 루카스 후작가의 블레이드 헌터 리셀과 아그리아 공작 가문의 번영을 일구어낸 고령의 블레이드 오너 루드비히! 그 두 사람이 맞붙는 기사대전은 결코 쉽게 볼 수 있는 것이 아니다.

장소는 켈렌드리스 광산 바로 앞에 위치한 공터로 결정지어졌다. 그에 따라 두 가문은 심혈을 기울여 기사대전을 준비했다. 광산의 인부들이 생활하던 거처를 증, 개축해서 귀빈들의 숙소로 만들고 많은 사람들이 관전할 수 있는 관람석을 설치했다.

켈렌드리스 광산은 루카스 후작가가 이의 제기를 한 그 순간부터 황제의 명으로 채굴이 중지된 상태였다. 그런 만큼 준비를 하는 데 문제 될 것은 아무것도 없었다. 두 가문은 그야말로 가문의 역량을 모조리 발휘하여 기사대전을 준비했다.

'드디어 마지막 결전이로군.'

리셀은 감회 어린 표정을 지었다. 마침내 마스터가 당부한 마지막 부탁을 들어줄 수 있게 된 것이다. 리셀의 뇌리에는 그간 겪었던 일들이 마치 주마등처럼 스쳐 지나갔다.

어린 시절, 베텔 왕궁에서 시종으로 생활하다가 어머니의 손에 이끌려 궁을 나섰던 일에서부터 마르타로 이동하여 바르셀 마을에 둥지를 틀기까지……. 그때가 리셀의 생애에서 가장 행복했던 순간이었다.

그러나 어머니가 병에 걸리고 양아버지 조르쥬가 치료비를 마련하기 위해 마수 사냥에 나선 이후부터 리셀의 행복은 산산이 깨어져버렸다.

조르쥬가 전사하고 어머니가 숨을 거둔 이후부터 리셀은 그야말로 숨 가쁘게 살아왔다. 만약 마스터인 아너프리가 견습기사로 받아주지 않았다면 리셀은 아마 평범한 화전민이나 사냥꾼으로 살아갔을 것이다. 입술을 비집고 꽉 메인 음성이 흘러나왔다.

"마스터. 마침내 마스터의 유명을 받들 수 있게 되었습니다. 최선을 다해 싸워 켈렌드리스 광산을 반드시 루카스 후작가의 품에 안겨드리겠습니다."

굳은 각오가 결연한 눈빛을 통해 흘러나오고 있었다.

* * *

시간이 흘러 마침내 기사대전의 순간이 다가왔다. 켈렌드리스 광산 앞 공터는 이미 발 디딜 틈도 없을 만큼 북적거렸다. 모두가 대전을 관전하기 위해 아스트리아 제국 전역에서 온 귀족들이었다. 이번 기사대전의 공증인은 지난번과 마찬가지로 토르 공작이었다. 그가 떨리는 눈빛으로 대전장을 쳐다보았다.

'한 세기에 한 번 열릴까 말까 한 대전을 세 번이나 공증하게 되다니 정말 운이 좋군.'

양쪽에서 출전시킬 기사의 이름은 이미 공표된 상황이었다. 세기의 대결이니만큼 출전하는 기사는 엄연히 정해져 있다.

리셀이 차분히 마음을 가라앉히며 기사대전의 순간을 기다렸다. 마스터의 팔을 자르고 루카스 후작가를 몰락시킨 원흉 루드비히와 싸우는 순간이니 가슴이 두근거릴 수밖에 없다.

'백여 세에 가까운 고령이라고 들었는데 실력이 어떨지 모르겠군. 실전 경험은 실로 풍부할 텐데 말이야.'

그러나 리셀은 조금도 겁내지 않았다. 렌테리아 마탑에서 만들어진 블레이드 오너는 충실히 기본기를 쌓은 블레이드 헌터의 적수가 되지 않기 때문이다. 리셀은 그 사실을 철석같이 믿고 있었다.

"이제부터 기사대전을 시작하겠습니다. 아그리아 공작가와 루카스 후작가, 두 가문은 켈렌드리스 광산의 소유권을 놓고 단 한 번의 기사대전으로 승부를 판가름낼 것입니다. 승리한 기사가 속한 가문이 켈렌드리스 광산을 소유할 수 있게 됩니다."

능숙한 입담으로 기사대전의 개최를 알린 진행자가 손을 쫙 펴서 아그리아 공작가의 요인들이 자리 잡은 천막을 가리켰다.

"아그리아 공작가에서 출전한 기사는 바로 루드비히 아그리아 경입니다. 지금의 아그리아 공작가를 일궈낸 분이시기도 합니다. 그분께서는 블레이드 오너가 결코 약하지 않다는 사실을 증명하겠다고 공언하셨습니다."

그러자 아그리아 공작 가문 소속 기사들이 일제히 환호성을 내질렀다.

"와아아아."

루드비히라면 아그리아 공작가 기사들에겐 전설이나 다름없는 이름이었다. 환호가 잦아들자 진행자가 이번에는 루카스 후작가에 대한 소개를 했다.

"루카스 후작가를 대표해서 나올 기사는 리셀 경입니다. 이미 여러 명의 블레이드 오너를 침몰시킨 떠오르는 신성이지요."

소개가 끝나자 이번에는 루카스 후작가 소속 기사들이 함성을 내질렀다. 아그리아 공작가에 질 수 없다는 듯 그들은 목이 터져라 환호성을 내질렀다. 소리가 잦아들자 진행자가 상기된 표정으로 두 진영을 번갈아 쳐다보았다.

"그럼 도전을 받은 아그리아 공작가에서 먼저 기사대전을 치를 기사를 내보내 주십시오."

그의 말이 끝나기도 전에 아그리아 공작가 진영에서 누군가가 걸어 나왔다.

저벅저벅.

투구를 옆구리에 끼고 있었기 때문에 성성한 백발이 그대로 드러나 있었다. 판금갑옷이 아닌 기하학적인 도형이 새겨진 가죽갑옷을 입고 걸어 나오는 자는 바로 루드비히 아그리아였다. 그가 빠른 걸음으로 대전장에 들어섰다. 그를 물끄러미 쳐다보던 진행자가 재빨리 말을 이어나갔다.

"아그리아 공작가의 루드비히 경이 나오셨습니다. 루카스 후작가의 리셸 경도 나와 주시기 바랍니다."

투구를 눌러쓴 리셸이 느릿하게 걸어나갔다. 대전장 중앙으로 걸어가는 리셸의 심신은 차분히 가라앉아 있었다. 그러나 두 눈에서는 반드시 승리할 것이라는 열의가 일렁거렸다.

두 기사의 거리는 급속도로 줄어들었다. 이미 리셸은 전신에 맹렬한 기세로 마나를 회전시키고 있었다. 오감이 최대한도로 확대되었고 전신에 마나가 충만했다. 그의 눈은 대전장 중앙에 버티고 서 있는 루드비히를 뚫어지게 쳐다보고 있었다.

'저 자인가? 마스터의 팔을 잘라내고 루카스 후작가를 곤경으로 몰아넣은 블레이드 오너가?'

어찌 보면 대단한 위업이라고 할 수 있었다. 단 한 명이 해낸 활약인 만큼 감탄사를 보낼 수밖에 없었다. 지척에 도착한 리셸이 투구의 면갑을 눌러썼다.

철컥.

아직까지 루드비히가 검을 뽑지 않았기에 리셸 역시 검

손잡이에 손을 대고만 있었다. 그런데 자신이 도착하자마자 검을 뽑을 것이라 생각했던 루드비히가 뜻밖에 평온한 어조로 말을 걸어왔다.

"그대가 리셀인가?"

리셀이 조용히 대답해 주었다.

"그렇습니다."

"만나서 반갑군. 세상을 위진시키는 블레이드 헌터가 이리도 젊다니 놀라운 일이야. 우선 그대가 거둔 성취에 경의를 표하네."

예상치 못한 반응이었기에 리셀이 침묵을 지켰다. 루드비히 아그리아의 입장에서 자신은 아들을 죽인 철천지원수이다. 그리고 그가 속한 아그리아 공작가를 곤경으로 몰아넣은 원흉이기도 했다. 욕설을 퍼부어도 모자랄 판국인데 도리어 호의적인 반응을 보이는 것이다. 루드비히의 입가에 서글픈 미소가 떠올랐다.

"내가 평생을 걸려 이룩한 것을 자네가 몇 달 만에 모두 무산시켰군. 뭐 어쩔 수 없는 일이지. 한번 떠오른 태양은 반드시 지는 법이야. 이젠 루카스 후작가가 떠오르는 태양이라는 사실을 인정할 수밖에 없지 않을까?"

"……."

"내가 기사대전을 주장한 이유를 자네도 어느 정도 짐작할 걸세. 기사가 몸을 뉘여야 할 곳은 푹신한 침대가 아니야. 차디찬 대지에 피를 흩뿌리고 그 위에서 마지막 숨을 내쉬어야 하네. 자네도 그렇게 생각하지 않나?"

"그렇지요."

리셀이 자신도 모르게 고개를 끄덕였다. 눈가에 놀라운 기색이 역력했다.

'놀랍군. 루드비히 아그리아가 이토록 기사도에 충실한 인물일지는 몰랐어.'

몇 마디 대화를 나눠보니 루드비히의 성향은 아들인 알렉스와는 판이하게 달랐다. 차라리 리카르도 자작가의 칼슨과 비슷한 것 같았다. 마법사에 의해 탄생했지만 사고방식 자체는 기사에 가까웠다. 귓전으로 차분한 음성이 파고들었다.

"마음 같아서는 대화를 더 나누고 싶지만 기다리는 사람이 많으니 어쩔 수 없군. 부디 후회 없는 승부를 부탁하겠네."

말을 마친 루드비히가 느릿하게 장검을 뽑아들었다. 그 모습을 보면서 리셀 역시 쌍검을 뽑아들었다. 제아무리 기사도에 충실한 상대라도 목숨을 걸고 싸워야 할 적임에는 틀림없었다.

"그럼 시작해 볼까?"

말이 끝나는 순간 루드비히의 검에서 무지갯빛 광채가 휘황찬란하게 뿜어져 나왔다.

파아아앗.

그 모습을 보며 리셀 역시 검에 마나를 불어넣었다. 그러나 지금까지 그래 왔던 것처럼 리셀의 검이 무지갯빛으로 물드는 과정은 비교적 서서히 진행되었다.

제2장
방심의 대가

바로 그때 이변이 일어났다. 장검이 무지갯빛으로 물드는 것과 동시에 루드비히가 몸을 날려왔던 것이다. 오색찬란한 광채가 일직선으로 리셀의 허리를 쪼개어왔다.

"헉."

리셀이 깜짝 놀라 몸을 틀었다. 그리고 사력을 다해 장검이 날아오는 경로를 틀어막았다. 세 자루의 검이 부딪힌 순간 자욱한 스파크가 뿜어져 나왔다.

화아아악.

애석하게도 아직까지 리셀의 검에 서린 빛나는 검은 불완전하다고 볼 수 있었다. 활활 타오르는 루드비히의 빛나는 검과 마주친 순간 급격히 빛이 희미해졌다. 반면 루드비히의 장검에서 뿜어지는 빛은 시간이 갈수록 찬란해졌다. 결국 빛나는 검의 위력 차이를 버티지 못하고 검 한 자루가 박살 나고 말았다.

파파파팟.

산산이 쪼개진 검편이 사방으로 흩뿌려졌다. 빛나는 검의 압력을 못 견뎌 부스러졌기에 절단면이 매우 날카로웠다. 그러나 두 기사에겐 영향을 미치지 못했다. 리셀의 판금갑옷과 루드비히의 가죽갑옷에는 물리 방어 마법이 걸려 있었기 때문이었다.

"이런."

검 한 자루를 잃은 리셀이 신음을 흘리며 뒤로 물러났다. 루드비히는 그런 리셀을 바짝 따라붙으며 거듭 공격을 가해 왔다.

파앗 파아앗.

루드비히의 움직임은 지금까지 리셀이 상대해 온 블레이드 오너의 몸놀림을 월등히 상회하고 있었다. 감각이 예민해졌음에도 불구하고 번번이 움직임을 놓칠 정도였다. 리셀의 손에 죽은 알렉스보다 족히 두 배 이상 빠른 몸놀림이었다. 리셀이 필사적으로 몸을 틀며 한 자루 남은 장검을 종횡무진 휘둘렀다.

푸학 푸하학.

허공에서 연신 스파크가 뿜어졌다. 리셀은 지금 최대한 신경 써서 검을 통제하고 있었다. 그의 검에 서린 빛은 아직까지 완벽하지 않은 상태였다. 정면으로 충돌한다면 조금 전 부서져 나간 장검과 같은 꼴이 나고 말 것이다.

 루드비히는 그런 리셀의 상황을 알기라도 한 듯 연신 맹공을 가해왔다. 리셀에게 정비할 시간을 주지 않으려는 듯 말이다. 제대로 준비하기 전에 기습을 받은 상황이라 리셀은 결국 허점을 드러내고 말았다. 정면으로 검이 격돌하려는 것을 회피하려다 그만 옆구리가 드러나버린 것이다. 그 틈을 놓칠 루드비히가 아니었다.

 철커덩.

 판금갑옷이 예리하게 잘려나갔다. 갑옷에 새겨진 물리 방어 주문은 빛나는 검에 스치기 무섭게 파괴되어 버렸다. 피가 흘러나오는 옆구리를 움켜쥔 리셀이 신음을 흘렸다.

 "크으윽."

 블레이드 헌터가 된 이후 부상을 입은 적은 처음이었다. 그러나 루드비히는 그것이 성에 차지 않는다는 듯 공격을 그치지 않았다.

 번쩍 버번쩍.

 루드비히의 공격 속도는 너무나도 빨랐다. 날아오는 검을 눈으로 보고 막는 것이 아니라 어림짐작으로 막아내야 했다. 마나의 순환으로 예민해진 감각으로도 검로를 추측하기 힘들었다. 그러나 루드비히는 그것마저도 염두에 두고 있었다. 리셀을 상대하기 위해 실로 많은 준비를 한 것이다.

"헉."

사선으로 내려쳐진 장검을 막아가던 리셀의 안색이 딱딱하게 굳었다. 루드비히의 검이 별안간 경로를 틀었기 때문이었다. 사력을 다해 검을 비틀었지만 루드비히의 장검은 방어를 살짝 피해내며 리셀의 견갑에 작렬했다.

서걱.

소름 끼치는 소리와 함께 견갑의 일부분이 잘려나갔다. 어깨 살점이 족히 한 근은 떨어져 나가며 피가 분수처럼 뿜어졌다. 고통으로 인해 자세가 무너진 리셀에게 순간적으로 허점이 드러났다. 산전수전 다 겪어본 루드비히는 그 틈을 놓치지 않았다.

"크으윽."

허벅지가 관통된 리셀이 고통으로 얼굴을 찡그렸다. 루드비히의 빛나는 검이 판금갑옷을 가볍게 꿰뚫고 허벅지 깊숙이 파고들어 갔던 것이다. 급히 반격을 가했지만 루드비히는 유유히 검을 뽑아낸 뒤 빠른 속도로 물러났다. 이제 어려울 것이 없다는 듯 그의 얼굴에 여유가 넘쳐흘렀다.

주르르.

어깨와 옆구리, 그리고 허벅지에서 피가 흘러내려 은빛 갑옷을 붉게 물들었다. 그러나 지혈을 할 틈이란 없었다.

루드비히가 조금 전과는 달리 거리를 두고 움직이며 리셀에게 쉴 새 없이 견제를 가해왔기 때문이었다.

 장내는 조용했다. 예상치 못한 상황에 사람들은 눈을 크게 뜨고 대전장을 지켜보고 있었다. 엘빈을 비롯한 루카스 가문 사람들의 얼굴은 딱딱하게 굳어 있었다. 리셀이 초반부터 저렇게 밀릴 줄은 몰랐기 때문이었다.
 블레이드 헌터는 빛나는 검을 끌어올리는 속도가 블레이드 오너보다 한결 늦다. 루드비히는 그것을 최대한 이용해 절호의 기회를 만들어 냈다. 특히 레이첼의 안색은 백지장과 같았다. 입술을 비집고 떨리는 음성이 흘러나왔다.
 "리, 리셀."
 지금까지 레이첼은 리셀의 대결을 단 한 번도 보지 않았다. 리셀이 상처 입는 장면을 볼 엄두가 나지 않았기 때문이었다. 그러나 리셀은 여태껏 부상 한 번 입지 않고 블레이드 오너를 연달아 격파해왔다. 해서 용기를 내어 대전장에 나왔는데 예상외의 상황이 펼쳐진 것이다.
 반면 아그리아 공작가 사람들의 얼굴에는 희색이 만연했다. 특히 아그리아 공작의 입가에는 회심의 미소가 걸려 있었다. 지금껏 수도 없이 아그리아 공작가를 곤란하게 만들었던 블레이드 헌터 리셀이 그가 보는 앞에서 심각한 부상을 입었으니 어찌 기쁘지 않겠는가?

"역시 루드비히 숙부님이셔."

그는 루드비히가 지금까지 그래왔던 것처럼 리셀을 정신없이 몰아쳐서 끝장내버리기를 간절히 바라고 있었다.

그러나 트랜든 가주의 바람과는 달리 루드비히는 섣불리 리셀을 몰아치지 않았다. 그저 슬쩍슬쩍 견제 삼아 검을 내뻗어 리셀이 쉬지 못하게 할 뿐이었다.

리셀의 안색은 창백하기 그지없었다. 이미 어깨와 옆구리, 허벅지에서 흘러내린 피가 갑옷을 붉게 물들인 것도 모자라 바닥에 흥건히 고여 있는 상황이었다. 거듭되는 견제로 인해 지혈을 할 엄두도 내지 못했다. 푸르게 변한 리셀의 입술이 달싹거렸다.

"다 작전이었군요."

"……"

"내 방심을 유도하기 위해 기사 흉내를 내다니 정말 가증스럽소."

리셀은 지금 자신이 방심했다는 사실을 뼈저리게 통감하고 있었다. 루드비히의 달콤한 말에 현혹되어 빛나는 검을 한 차례 늦게 끌어올린 것이 화근이었다. 자신의 손에 죽은 칼튼처럼 자신의 빛나는 검이 완성되기를 기다려 줄 것이라 착각했던 것이다.

그러나 루드비히의 사고방식은 애당초 기사와는 판이하

게 달랐다. 그의 입가에 싸늘한 미소가 맺혔다.
 "속아 넘어간 네놈이 어리석은 것이지. 넌 우리 아그리아 공작가에 가장 위협적인 적이다. 그런 적과 싸우는데 수단과 방법을 논하는 것은 실로 어리석은 행동이야."
 말을 이어나가면서도 루드비히는 슬쩍슬쩍 검을 찔러왔다. 그러나 리셀의 검에 서린 빛나는 검은 이제 완벽해진 상태였다. 조금 전처럼 힘을 흘려낼 필요가 없었기에 리셀은 정면으로 공격을 뿌리쳤다.
 그러나 막아내고 반격을 가하려 할 때면 루드비히는 블레이드 오너 특유의 빠른 몸놀림으로 뒤로 쭉 빠졌다. 정면대결을 하지 않으려는 티가 역력한 움직임이었다. 리셀이 씁쓸하게 웃으며 피가 뭉클뭉클 흘러나오는 어깨를 쳐다보았다.
 "내 힘이 빠지기만을 기다리는 것이오?"
 "물론이지. 이대로 시간만 끈다면 내 승리이니 굳이 공격할 필요가 없지 않겠나?"
 루드비히의 입가에는 회심의 미소가 배어 있었다.
 "네놈만 쓰러지면 모든 것이 해결된다. 네놈으로 인해 빼앗긴 영토를 모조리 되찾을 수 있다는 뜻이지."
 "애당초 그 영토의 원주인은 루카스 후작가였소."
 "한번 빼앗은 이상 우리 것이다. 네놈은 내가 45년에 걸쳐 이룩했던 것을 원점으로 돌려버렸어. 이제 그것을 바로 잡을 순간이다. 네놈만 죽이면 모든 것이 원래대로 돌아간다."

리셀의 얼굴은 급속히 창백해지고 있었다. 극심한 출혈로 인해 점점 기력이 빠지는 것이다. 말을 나누는 도중 리셀은 틈을 보아 두어 번 공격을 가했다. 그러나 루드비히는 정면 대결을 극구 회피하며 물러서는 데 치중했다.

'이대로 가면 어렵다.'

리셀이 입은 상처는 자연적으로 지혈할 수 없을 정도로 엄중했다. 거듭된 출혈은 리셀의 체력을 계속해서 깎아 먹고 있었다. 마나의 흐름도 시간이 갈수록 순탄하지 않았다. 눈앞이 가물가물해지는 것을 느낀 리셀이 입술을 깨물었다.

'상황을 타개할 수를 찾아내야 해.'

하지만 루드비히는 정면 대결을 철저하게 피하고 있었다. 시간만 끈다면 자신의 승리라는 사실을 잘 알고 있는 것이다. 이미 빛나는 검의 위력에서는 대등한 상황. 그러나 리셀에게는 지금까지 드러내지 않은 비기가 있었다. 리셀의 눈빛이 순간적으로 번뜩였다.

'그러고 보니 빛나는 검을 시전하게 된 이후 한 번도 쓰지 않았지. 루드비히는 그것을 몰라. 상황을 타개하려면 그 능력을 적극적으로 활용해야 한다.'

인체에 마나를 순환시키면 상상도 할 수 없었던 능력을 발휘할 수 있다. 어깨에 마나를 집중시키면 엄청난 괴력이,

허벅지를 비롯한 다리에 마나를 집중시키면 인간의 한계를 뛰어넘는 도약력을 발휘할 수 있다. 지금껏 리셀은 그 능력을 적극 활용하여 전장에서 맹활약을 해왔다.
 그러나 빛나는 검을 시전할 수 있게 된 이후 리셀은 그 능력을 사용해 본 적이 없었다. 빛나는 검이 워낙 많은 마나를 잡아먹기 때문에 도저히 사용할 엄두를 내지 못했다.
 '그래. 상황을 타개할 방법은 오직 그것밖에 없어.'
 입술을 깨문 리셀이 마나를 어깨와 허벅지에 집중시켰다. 자연히 검에 깃든 빛나는 검의 위력이 약해질 수밖에 없었다.

 리셀의 검에 서린 무지갯빛 광채가 눈에 띄게 흐려진 것을 보자 루드비히의 입가에 미소가 번져갔다. 줄곧 시간을 끈 끝에 마침내 상대의 체력을 깎아 먹는 데 성공한 것이다. 때가 되었다고 판단한 루드비히가 검을 고쳐 잡았다.
 '드디어 끝낼 시간이 되었군.'
 그러나 방심은 금물이다. 루드비히가 한 발 앞으로 나가며 가볍게 찌르기를 가했다.
 푸캉.
 리셀이 기다렸다는 듯 맞받아쳤지만 중심이 흔들리는 것을 감추지 못했다. 과도한 출혈로 인해 다리가 연신 후들거렸다. 완전히 자신감을 되찾은 루드비히가 반격에 나섰다.

방심의 대가 47

"네놈의 시체를 갈가리 찢어 서부 평원에 흩뿌려주지."

망설임 없이 달려들어 검을 휘두르는 루드비히를 본 리셀의 눈빛이 빛났다. 이미 어깨와 허벅지에는 마나가 충만한 상황. 사선으로 그어내리는 루드비히의 장검을 리셀이 정면으로 맞부딪혀갔다. 두 자루의 검이 맞부딪히는 순간 굉음이 울려 퍼졌다.

콰아앙.

확실히 검에 서린 빛나는 검의 위력은 루드비히가 윗줄이었다. 리셀이 일정량의 마나를 뽑아내어 어깨와 허벅지에 집중시켰기에 더욱 그러했다.

리셀의 장검이 절반 정도 잘려나가며 사방으로 불똥이 튀었다. 그러나 검이 격돌하는 순간 루드비히는 상상도 하지 못했던 충격을 받아야 했다. 리셀의 검에는 형언하기 힘든 위력이 깃들어 있었기 때문이었다.

"크으윽."

신음을 흘리며 뒤로 주르르 밀려나는 루드비히, 그의 오른팔은 충격으로 인해 부들부들 경련하고 있었다. 검이 격돌하는 순간 마치 전속력으로 질주하는 마차와 충돌하는 듯한 충격을 받은 것이다. 루드비히의 얼굴에 황당하다는 표정이 떠올랐다.

"뭐, 뭐지?"

바로 그때, 그의 눈에 비친 리셀의 모습이 급격히 커졌다.

리셀이 마나를 발끝에 폭발시켜 루드비히를 향해 일직선으로 쏘아져 갔던 것이다. 워낙 빨랐기에 피할 틈이란 없었다. 입술을 깨문 루드비히가 마나홀의 마나를 깡그리 검에 집어넣었다.

파아아앗.

두 자루의 장검이 또다시 격돌했다. 부딪히는 순간 리셀의 검 중단이 굉음과 함께 잘려나갔다. 빛나는 검의 위력 자체에서 현저히 차이가 나는 것이다. 그러나 상대의 피해는 더욱 막대했다. 격돌로 인한 충격에 루드비히의 손아귀가 찢어지며 장검이 하늘 높이 날아올랐다.

"크으윽."

신음을 흘린 루드비히가 급히 뒤로 몸을 빼려고 했다. 그러나 리셀은 루드비히에게 틈을 주지 않았다. 그가 어디로 피하건 마치 거머리처럼 집요하게 따라붙었다. 피할 수 없다는 사실을 직감한 루드비히의 얼굴이 핼쑥해졌다.

이미 그의 앞가슴에 동강 난 검이 닿아 있는 상황이었다. 지금껏 수를 헤아릴 수 없는 혈전을 치른 리셀답게 루드비히가 숨 돌릴 틈도 없이 밀어붙였던 것이다.

푸우욱.

반 토막 난 장검이 루드비히의 등판을 비집고 나왔다. 정확히 심장이 위치한 곳이었기에 피가 혈조를 타고 분수처럼 뿜어졌다. 극심한 출혈로 하얗게 탈색된 리셀의 얼굴에 미미하게 미소가 맺혔다.
"내, 내가 이긴 것 같소."
루드비히의 눈두덩에 경련이 일었다.
"이, 이것도 블레이드 헌터의 능력이냐?"
대답할 기력이 없었는지 리셀이 고개를 끄덕였다.
"놀랍구나. 블레이드 헌터에게 이런 능력이 있을 줄은 꿈에도 몰랐다. 수, 숨겨진 능력을 파악하지 못한 것이 패착이었……"
루드비히가 말을 끝맺지 못하고 허물어졌다. 심장이 파열되었으니 더 이상 버틸 수 있을 리가 없었다. 리셀의 체력 고갈도 그에 못지않았다. 심지어는 승리했다는 심판관의 판정을 들을 수도 없을 정도였다.
털썩.
리셀의 몸이 그 자리에 주저앉았다. 그의 의식은 어두컴컴한 심연 깊숙이 추락하고 있었다.

리셀은 꿈을 꾸고 있었다.
"뭐, 뭐지?"
의식을 회복한 리셀은 판이하게 변한 몸을 보고 놀라고 있었다. 믿기 힘들게도 리셀은 지금 여덟 살 먹은 어린아이의 모습을 하고 있었다.
"어떻게 된 거지? 설마 과거로 돌아온 것인가?"

때는 어머니 마리아가 막 리셀을 궁정에서 사들인 순간이었다.

"내 아가. 드디어 널 되찾았구나."

눈물을 펑펑 흘리며 리셀을 얼싸안는 어머니 마리아. 어린 리셀의 눈에서도 눈물이 펑펑 쏟아졌다. 이게 어떻게 된 일인지 고민해볼 여유란 없었다.

"엄마. 정말 보고 싶었어요."

"그래. 앞으로 두 번 다시 헤어지지 말자꾸나."

리셀은 이것이 꿈인지 생시인지 몸을 꼬집어 볼 엄두조차 내지 못했다. 죽은 어머니 마리아와 다시 만난 것이 정말로 좋았기 때문이었다. 어머니의 숨결과 따스한 손길을 느끼는 것이 도대체 얼마만인가?

그러나 무정하게도 운명은 변함없이 흘러갔다. 리셀을 사기 위해 큰 빚을 진 마리아는 결국 이자를 감당하지 못해 노예 시장에 나서야 했다. 그리고 우락부락한 생김새의 용병이 마리아를 사들였다.

"젠장. 골칫거리가 하나 따라붙었군. 귀찮아 죽겠어."

용병 조르쥬가 얼굴을 험악하게 일그러뜨렸지만 리셀은 겁먹지 않았다. 겉으로만 저럴 뿐 실상은 정이 많고 따듯한 성품이란 것을 알기 때문이었다.

'그러고 보니 양아버지의 첫인상이 그리 좋은 편은 아니었군.'

리셀은 어머니의 다리 뒤에 숨어 앞으로 가장이 되어줄 용병 조르쥬의 얼굴을 빤히 올려다보았다. 이후의 일은 기억과 조금도 다르지 않았다. 용병 생활을 청산하고 싶어 했던 조르쥬는 마리아와 리셀을 데리고 자유 도시 마르타로 향했다.

한 번 겪었던 일을 다시 경험하며 리셀은 가슴이 설레는 것을 느꼈다. 영원히 이별했던 이들과 다시 만나게 된 것이 결코 나쁘지 않았기 때문이었다.

조르쥬는 마리아와 리셀을 데리고 산간마을 바르셀에 정착했다. 그때가 리셀의 생애를 통틀어 가장 행복했던 순간이었다.

'부디 이 꿈에서 깨어나지 않았으면……'

마음의 안정을 되찾은 조르쥬의 다정한 보살핌과 어머니의 애정을 받으며 리셀은 하루하루 꿈만 같은 나날을 보냈다.

그러나 운명은 리셀을 가만히 내버려두지 않았다. 궁정에서 얻은 병으로 인해 어머니가 몸져눕자 조르쥬가 마수 사냥을 다니기 시작했다. 매일매일 집안일을 하면서 리셀은 애가 타들어가는 것을 느꼈다. 결말이 어떻게 되는지 누구보다 잘 알기 때문이었다. 그리고 운명의 그날이 마침내 다가왔다.

"멀리 마수 사냥을 좀 다녀와야겠다. 그동안 엄마를 잘 보살펴야 한다. 알겠느냐?"

조르쥬의 태연스러운 말에 리셀의 안색이 하얗게 질렸다. 그가 마수 사냥이 아니라 용병 신분으로 영지전에 참가한다는 사실을 알기 때문이다. 조르쥬는 떠난 뒤 두 번 다시 돌아오지 못한다. 가족들에게 전달된 것은 피묻은 가죽장갑 한 짝뿐이다.

"안 돼요. 아버지, 가지 마세요."

"이 녀석이 웬일로 나를 아버지라 부르는 것이냐? 선물 줄 때만 그러더니 말이다."

"제발 부탁이에요. 아버지, 가지 말아요."

그러나 조르쥬는 착잡한 눈빛으로 손을 뻗어 리셀의 머리를 쓸어주었다.

"가야 한단다. 네 어머니의 치료비를 벌어야지. 대신 근사한 선물을 사오마. 기대해도 될 거야."

리셀은 차마 더 이상 만류할 엄두를 내지 못했다. 조르쥬가 가지 않으면 어머니가 치료를 받지 못한다는 사실을 잘 알기 때문이다. 결국 그는 눈물을 줄줄 흘리며 떠나가는 조르쥬를 배웅해야 했다.

운명은 역시나 어김이 없었다. 마리아는 조르쥬의 계약금을 지불하고 신관의 치료를 받은 뒤 병상을 털고 일어날 수 있었다. 그러나 조르쥬의 유품인 피묻은 가죽장갑 한 짝을 전해 받자 마리아는 다시금 침대에 드러눕고 말았다. 리셀이 눈물을 펑펑 흘리며 간호했지만 마리아의 병은 전혀 차도를 보이지 않았다. 의지할 가장을 잃은 충격이 너무도 컸기 때문이었다.

"어, 엄마."

뼈가 앙상한 어머니의 손에 얼굴을 묻은 채 리셀은 거듭 울먹였다. 파리한 손이 그런 리셀의 머리를 쓸었다.

"내 아가. 널 험한 세상에 남겨두고 가는 것이 너무 원통하구나."

"가지 마세요. 엄마."

"하, 한 가지만 명심해라."

그 말에 리셀이 고개를 들었다.

"이, 이제 와서 밝히는 것이다. 네, 네 아버지는 베텔 왕국의 고, 고위 귀족이시란다."

마리아의 입을 통해 숨겨진 과거가 하나둘씩 흘러나왔다. 궁정의 붉은 레이스 시녀로 일하던 마리아는 우연히 젊고 잘생긴 트레모어 공작가의 둘째 공자를 만나 하룻밤 사랑을 꽃피웠다. 그를 사모했던 마리아는 연금술사의 약을 먹지 않았고 결국 의도했던 대로 잉태하고 말았다. 그게 바로 리셀이 세상에 태어나게 된 과정이었다.

그러나 그들의 사랑은 애초부터 부적절한 관계였다. 마리아는 트레모어 공자의 앞길을 위해 모든 것을 숨기기로 결정했다. 떨리는 입술이 벌어지며 아버지의 이름이 흘러나왔다.

"네 아버지의 이름은 헌팅턴이란다. 헌팅턴 트레모어."

"헌팅턴?"

"그래. 널 낳아주신 아버지이시다."

당시 헌팅턴은 트레모어 공작가의 차기 가주 자리를 놓고 형제들과 피 튀기는 경쟁을 펼치던 상황이었다. 그런 상황에서 궁정의 시녀를 임신시켜 자식을 가졌다는 사실이 알려지면 그야말로 치명적인 결과를 초래할 터였다.

그 때문에 마리아는 입을 굳게 닫은 채 모든 것을 자신이 뒤집어쓰기로 마음먹었다. 결국 그녀는 귀족 가문을 전전하다 노예 시장에까지 팔려가게 된 것이다.

"아마 지금쯤이면 그분은 트레모어 공작가의 후계자 자리를 굳히셨을 것이다. 그러니 시간이 나면 찾아가서 내 소식을 그분께 전해주도록 하렴. 그분의 성품이라면 널 반드시 아들로 인정해주실 것이다. 알겠느냐?"

"네, 네. 어머니."

"너, 널 믿는다. 내 아들 리셸. 이, 이 말만은 반드시 전해다오."

"……."

"마음 깊이 사, 사랑했었다고 말이다."

그 말을 끝으로 마리아의 고개가 떨어졌다. 한 귀족 가문의 자제를 사랑한 죄로 평생을 불행하게 살다가 생을 마감한 가련한 한 여인의 최후였다.

"안 돼요. 어머니, 가지 말아요. 저를 두고 가지 말아요."

리셀이 구슬프게 부르짖었지만 이미 마리아의 몸에서는 온기가 사라지고 있었다. 이후의 기억은 없었다. 그저 목청껏 울부짖다 지쳐 실신해버렸기 때문이었다.

"어, 어머니."

눈을 뜬 리셀이 주위를 두리번거렸다. 화려하게 꾸며진 실내, 은은한 향이 감돌고 벽에는 고급스러운 태피스트리가 장식되어 있었다. 입술을 비집고 아쉬운 한숨이 흘러나왔다.

"역시나 꿈이었군."

씁쓸히 웃으며 고개를 절레절레 흔들던 리셀의 눈이 휘둥그레졌다. 치렁치렁한 머리카락이 돌연 얼굴을 간질였기 때문이었다. 슬쩍 고개를 들자 누군가가 자신의 가슴에 머리를 얹고 있는 모습이 들어왔다.

"레이첼 아가씨?"

그 말을 들었는지 머리카락의 주인이 고개를 들었다. 검은 눈동자 한 쌍이 리셀을 올려다보았다. 아름다운 눈동자에 눈물이 맺혔다.

"이, 일어나셨군요."

"레, 레이첼 아가씨."

놀랍게도 리셀의 가슴에 얼굴을 묻고 있는 이는 레이첼이었다. 정황을 보니 리셀을 밤새워 간호하다 프로에 지쳐 잠든 것 같았다.

리셀이 깨어나자 감정을 이기지 못한 레이첼이 망설임 없이 몸을 날렸다.

"일어나셔서 다행이에요."

리셀의 품에 얼굴을 파묻은 레이첼의 눈에서 쉴 새 없이 눈물이 흘러내렸다.

"정말 걱정했어요. 리셀 기사님이 이대로 깨어나지 못할까 봐 말이에요."

"저, 전 괜찮습니다. 크윽."

리셀이 살짝 얼굴을 찌푸렸다. 레이첼이 무심코 옆구리의 상처를 건드렸기 때문이었다. 그녀가 화들짝 놀라 뒤로 물러났다.

"죄, 죄송해요."

"괜찮습니다."

레이첼을 쳐다보는 리셀의 눈빛은 촉촉이 젖어 있었다. 그러나 레이첼은 말없이 고개를 돌리며 그 눈빛을 외면했다. 그들의 관계에는 입맞춤이 허락되지 않는다. 그리고 그녀는 그 사실을 누구보다 잘 알고 있었다.

"이제 일어나셨으니 전 가볼게요. 시중을 들어줄 시녀를 들여보내드리겠어요."

"아, 아가씨. 잠깐만."

"깨어나셔서 정말 기뻐요. 아버님도 소식을 들으면 매우 기뻐하실 거예요."

처연하게 미소를 지은 레이첼이 손뼉을 쳤다. 그러자 대기하고 있던 시녀 두 명이 방 안으로 들어왔다. 막, 말을 이어나가려던 리셀이 입을 닫았다.

"리셀 기사님을 세심하게 보살피도록 하세요."

"네. 아가씨."

리셀을 향해 살짝 목례를 한 레이첼이 방을 빠져나갔다. 리셀은 그녀의 뒷모습을 하염없이 쳐다볼 뿐이었다.

시녀에게 물어본 결과 리셀은 꼬박 이틀 동안 의식불명 상태에 있었다고 한다. 그 기간 동안 꿈을 꾼 것이다.

'정말 아쉬운 꿈이었는데.'

살짝 얼굴을 찌푸린 리셀이 상처를 살펴보았다. 예상외로 상처는 거의 아물어 있었다. 그토록 엄중한 부상을 입었음에도 불구하고 말이다. 이유는 시녀가 설명해주었다.

"리셀 기사님은 거의 매일 신성력 치료를 받으셨습니다. 후작 각하께서 돈을 아끼지 않고 신관을 초빙하셨지요."

'주군께 크나큰 빚을 졌군.'

리셀이 씁쓸히 웃으며 고개를 흔들었다.

소문을 들었는지 엘빈이 찾아왔다. 문을 열고 들어온 그가 급히 몸을 일으키려던 리셀을 제지했다.
 "깨어나서 다행이야. 몸은 좀 어떤가?"
 "괜찮습니다. 그나저나 걱정을 끼쳐드려서 죄송합니다."
 엘빈이 빙그레 웃으며 고개를 끄덕였다.
 "단단히 혼날 줄 알게. 자네가 쓰러지는 순간 하마터면 심장이 목구멍 밖으로 튀어 나가는 줄 알았어."
 "……."
 "레이첼에게 감사하게. 꼬박 이틀 동안 한잠도 자지 않고 자넬 간호했다네."
 그 말을 들은 순간 리셀의 눈빛이 심하게 흔들렸다. 급히 머리를 흔든 리셀이 엘빈을 올려다보았다.
 "기사대전 결과는 어떻게 되었습니까?"
 걱정이 될 수밖에 없는 것이, 리셀은 공증인의 결과 발표를 듣지 못하고 쓰러져버렸다. 그런 만큼 결과가 궁금할 수밖에 없다. 엘빈이 미소를 지으며 대답해주었다.
 "기사대전은 우리의 승리로 끝났네. 둘 다 쓰러지기는 했지만 루드비히 아그리아는 정확히 심장을 찔려 절명한 상태였어. 그리고 엄중한 부상을 입기는 했지만 자넨 엄연히 숨을 쉬고 있었지. 아그리아 공작가에서 거듭 이의를 제기했지만 결국 공증을 본 토르 공작은 루카스 후작가의 손을 들어주었어."

그 말에 리셀이 안도의 한숨을 내쉬었다.

"정말 다행이로군요."

그러나 엘빈은 거기에 얽힌 속사정은 이야기하지 않았다. 켈렌드리스 광산의 소유권을 넘겨받는 과정에서 황제에게 단단히 경고를 받았다는 사실을 말이다.

―잃었던 영토를 모두 되찾았으니 이제 짐과의 약조를 지킬 것이라 믿겠네.

황제의 입장에서는 그럴 수밖에 없을 것이다. 영토를 모조리 빼앗김으로써 아그리아 공작가의 권세는 형편없이 줄어들었다. 그리고 블레이드 헌터 리셀을 보유한 루카스 후작가가 무시무시한 기세로 그 자리를 향해 치고 올라가고 있었다.

그런 상황에서 황제가 해야 할 일은 루카스 후작가가 제2의 아그리아 공작가가 되는 것을 견제하는 것이다. 귀족 가문들을 견제하고 그들 사이의 균형을 유지하는 것은 아스트리아 제국을 유지해 나가는 데 있어 가장 중요한 사안이었다.

―걱정하지 마십시오, 폐하. 약속은 반드시 지켜질 것입니다.

사실 루카스 후작가로서는 아그리아 공작가의 영토에 눈독을 들일 여유가 없었다. 피폐해진 영지를 부흥시키는 것만 해도 벅찬 일이기 때문이었다. 당시의 일을 떠올린 엘빈이 착 가라앉은 눈빛으로 리셀을 쳐다보았다.

'폐하와의 약속이 아니라도 아그리아 공작가의 영토를 빼앗을 생각은 없다. 그러나 두 번 다시는 놈들에게 당하지 않는다.'

비록 고토를 회복했지만 아그리아 공작가는 여전히 루카스 후작가에 위협적인 존재였다. 기사의 수와 정예 병력의 규모 등등 여러모로 보아 상대도 되지 않는다.

무엇보다도 아그리아 공작가에는 영지를 빼앗긴 몰락 귀족들이 득시글거린다. 아그리아 공작가에서 많은 비용을 지출하면서까지 그들을 거둬 먹이는 이유가 무엇이겠는가? 그들을 내세운다면 황제의 허락 없이도 영지전을 벌일 명분이 생기기 때문이었다.

그나마 리셀이 기사대전에서 루드비히 아그리아를 처치해 주었기에 한숨 돌릴 수 있었다. 그러나 그렇다고 해서 아그리아 공작가의 블레이드 오너 전력이 모두 사라진 것은 아니다. 엘빈의 눈빛이 순간적으로 빛났다.

'작위 계승을 하러 수도에 갈 당시 대열을 습격한 블레이드 오너, 정체가 록히드 백작가가 배출한 카르멜이라는 자로 알려졌지. 정황을 보아 그자가 아그리아 공작가에 몸을 의탁하고 있는 것은 의심할 수 없는 사실이다.'

바로 그 때문에 엘빈은 리셀이 깨어나기만을 손꼽아 기다렸다. 만약 리셀이 이대로 숨을 거둔다면 루카스 후작가로서는 기껏 회복한 영토를 모두 토해낼 수밖에 없다.

 아그리아 공작가는 렌테리아 마탑과 밀접한 관계를 유지하고 있다. 렌테리아 마탑의 도움을 받는다면 카르멜의 신분을 세탁하는 것은 그리 힘든 일이 아니다. 그렇게 변장시킨 카르멜을 전면에 내세운다면 루카스 후작가는 끝장이었다.

 이미 기사 전력과 병력 규모에서 상대가 되지 않는 상황이다. 무엇보다도 아그리아 공작가에는 합당한 명분이 있었다. 영지에 바글거리는 몰락 귀족을 전면에 내세운다면 황제의 허락 없이도 영지전을 벌일 수 있는 것이다.

 그 때문에 엘빈은 눈이 빠지게 리셀의 회복을 기다려왔다. 루카스 후작가의 미래를 위해서라도 리셀은 반드시 깨어나야 한다.

 '리셀. 너의 회복에 루카스 후작가의 운명이 걸렸다.'

 리셀은 역시나 그를 실망시키지 않았다. 의식을 회복한 리셀을 쳐다보며 엘빈은 다짐했다.

 '반드시 널 나의 양자로 삼을 것이다. 그리고 루카스 후작가를 너에게 물려줄 것이다. 그 길만이 우리 루카스 후작가가 또다시 몰락하지 않는 유일한 길이기 때문에······.'

 물론 리셀은 그런 주군의 의중을 전혀 짐작하지 못했다.

제3장
가문을 위해 희생하거라

"부르셨습니까, 아버지?"

"어서 오너라."

들어온 사람은 이리저리 긁힌 연습용 갑옷을 입은 삼십대 중반의 중년인이었다. 얼마나 훈련을 했는지 몸에서 시큼한 땀 냄새가 풍기고 있었다. 통상적인 아버지라면 이런 아들의 모습에 자부심을 느끼기 마련이다. 그러나 지금 아들을 쳐다보는 아버지의 눈빛은 착잡하기 그지없었다.

"코멧 기사단장의 보고서를 읽어보았다. 각별히 노력하고 있다며?"

"과오를 씻기 위해서입니다. 저로 인해 죽은 동료들의 몫까지 해내야지요."

그 말에 노인은 잠시 침묵을 지켰다.

노인의 신분은 현 아그리아 공작가의 가주 트랜든 아그리아였다. 그리고 그의 앞에 앉아 있는 이는 그의 둘째 아들인 크릭스 아그리아였다. 금빛 도마뱀 작전에 실패하여 아그리아 공작가에 엄청난 손해를 입힌 인물이 바로 그였다.

어찌 보면 아그리아 공작가가 곤경에 처한 것은 전적으로 크릭스의 잘못이라고 볼 수 있었다. 그가 해츨링을 놓치지 않았다면 루카스 후작가의 반격은 이루어지지 않았을 것이다. 그때 놓친 해츨링이 드래곤으로 각성했기에 아그리아 공작가는 기껏 빼앗았던 영토를 도로 빼앗겨 버렸다.

그 사실을 알고 있는지 크릭스의 안색은 그리 밝지 않았다. 한동안 아들의 얼굴을 뚫어지게 쳐다보던 아그리아 공작이 조심스럽게 입을 열었다.

"들었겠지만 우린 기사대전에서 패배하여 켈렌드리스 광산을 빼앗겼다. 그 과정에서 루드비히 숙부님은 목숨을 잃으셨지."

면목이 없다는 듯 크릭스가 고개를 푹 수그렸다. 자신이 해츨링만 놓치지 않았더라도 이런 일은 없었을 터였다. 귓전으로 착 가라앉은 음성이 파고들었다.

"게다가 좋지 않은 첩보도 들어왔다. 루드비히 숙부님의 손에 크나큰 상처를 입은 루카스 후작가의 블레이드 헌터 리셀이 의식을 회복했다고 하더구나. 참 명도 질긴 녀석이지."

 그 말에 크릭스가 고개를 들었다. 눈두덩이 가늘게 경련하는 것을 보니 상당한 격동을 느끼고 있는 것 같았다.

 기사대전에서 루드비히와 리셀은 거의 동시에 쓰러졌다. 심장이 꿰뚫려 절명한 루드비히가 먼저 쓰러졌고 과도한 출혈로 의식을 잃은 리셀이 뒤이어 쓰러졌다.

 이후 아그리아 공작가의 사람들은 신께 절실히 기도를 했다. 크나큰 부상을 입은 리셀이 회복하지 못하고 영원히 저세상으로 가기를 말이다. 하지만 염원이 무색하게 리셀은 병상을 떨치고 일어나버렸다. 아그리아 공작가의 사람들로서는 땅이 꺼지는 듯한 충격에 휩싸일 수밖에 없었다.

 리셀에 대한 크릭스의 감정은 특히 남달랐다. 그의 기억 속에 남아 있는 리셀은 어린 소녀로 변신한 해츨링을 낚아채어 정신없이 도망치던 젊디젊은 기사에 불과했다. 그런 녀석이 블레이드 헌터로 성장해 아그리아 공작가를 궁지에 몰아넣고 있는 것이다. 귓전으로 침중한 음성이 파고들었다.

 "이제 우린 루카스 후작가의 반격을 걱정해야 한다. 루카스 후작가가 블레이드 헌터 리셀과 골드 드래곤을 앞세워 쳐들어오면 우리로선 속수무책이다. 도저히 막아낼 방법이 없어."

크릭스의 얼굴이 검게 물들었다. 만약 그렇게 된다면 아그리아 공작가의 운명은 바람 앞의 촛불이나 마찬가지였다. 제아무리 기사와 병사가 많더라도 블레이드 헌터와 드래곤의 합공 앞에서 무사할지는 의문이었다.

"루카스 후작가가 더 이상 우리 영토에 눈독을 들이지 않을 것이라는 황제의 서신을 받았다. 하지만 그것을 액면 그대로 믿을 순 없어."

트랜든 가주는 귀족가의 모략에 잔뼈가 굵은 귀족이다. 그런 만큼 약속이 얼마나 허무한지 누구보다 잘 알고 있었다. 이익 앞에서는 헌신짝처럼 버려지는 것이 약속이다.

"솔직히 말해 루카스 후작가가 보복을 가하지 않는다는 보장은 어디에도 없다. 지난 45년 동안 우리는 그들이 가진 영토 대부분을 빼앗은 뒤 많은 세금을 거둬들였다."

물론 빼앗은 영토는 루카수 후작가가 도로 되찾아갔다. 그러나 아그리아 공작가의 지배 기간 동안 그 영지들은 심각한 수준으로 피폐해졌다. 루카스 후작가는 현재 사정이 어려워진 영지를 복구하느라 진땀을 빼고 있었다. 여러모로 보아 아그리아 공작가에 이를 갈 수밖에 없는 상황이었다. 묵묵히 설명을 듣고 있던 크릭스가 입을 열었다.

"그런데 그런 이야기를 왜 저에게 하시는 것입니까? 코멧 기사단의 평기사 신분인 저에게 말입니다."

"여기서 너의 결단이 필요하다."

설명을 해나가는 아그리아 공작의 안색은 딱딱하게 굳어 있었다. 자식의 운명을 결정짓는 순간이니 심경이 평안할 리가 없다.

"블레이드 헌터 리셀은 더 이상 우리가 건드릴 수 없는 위치에 올라 있다. 황제마저 주목하는 상황이니 암살 같은 것은 생각해볼 수 없어. 하지만 루카스 후작가가 거느린 다른 전력이라면 처리하는 것이 영 불가능하지만은 않다."

"골드 드래곤 말씀이십니까?"

아그리아 공작이 묵묵히 고개를 끄덕였다.

"그렇다. 골드 드래곤만 처리한다면 영토를 지키는 것이 한결 수월해질 것이다. 렌테리아 마탑에서 이미 전폭적으로 마법사를 지원하겠다는 답변을 받았다. 그 마법사들을 투입한다면 무난히 영지전을 승리로 이끌 수 있을 것이다. 블레이드 헌터 혼자서는 아무것도 하지 못한다는 사실은 이미 크라이어 남작령을 걸고 싸운 전투에서 입증되었다. 물론 드래곤을 루카스 후작가의 전력에서 제외시킨 후에 생각해 볼 수 있는 가정이다."

크릭스는 침묵을 지켰다. 물론 그는 골드 드래곤이 왜 루카스 후작가를 돕는지 잘 알고 있었다. 골드 드래곤의 목적은 오직 하나, 자신 때문이다. 자신을 죽이기 위해 인간들 간의 전쟁에 끼어든 것이다. 크릭스의 입매가 미묘하게 비틀어졌다.

"가서 드래곤에게 죽으라는 말씀이시군요. 그렇게 한다면 드래곤이 더 이상 우릴 적대하지 않을 테니 말입니다."

"가문의 영광을 위해서는 어쩔 수 없는 희생이다. 그리고 그렇게 할 경우 우리에겐 명분이 생긴다."

"명분이라니요?"

"드래곤에게 합법적으로 복수할 수 있는 명분 말이다."

원한 관계란 중단되지 않고 계속 이어지는 법이다. 크릭스는 드래곤 하트를 빼앗기 위해 해츨링에게 혹독한 구타를 가했다. 그로 인해 해츨링은 원한을 품은 상태에서 드래곤으로 각성했다. 그리고 그는 원한을 풀기 위해 루카스 후작가의 편을 들어 아그리아 공작가를 적대하고 있다.

여기에서 만약 크릭스가 나가서 드래곤에게 죽어준다면 이번에는 아그리아 공작가 쪽에서 복수를 할 수 있는 근거가 생기는 것이다.

"나는 골드 드래곤이 루카스 후작가의 전력에서 제외되는 것, 그 이상을 바란다. 식솔의 복수를 위해서라도 골드 드래곤을 완전히 끝장낼 생각이다. 특히 웨스트가드 성벽의 상황 타개를 위해서 반드시 해야 하는 일이야."

아그리아 공작가는 올해 유난히 혹독한 겨울을 보내야 했다. 드래곤의 사주를 받은 와이번 무리로 인해 오크 무리의 침략을 홀로 감당해야 했던 것이다.

그런 만큼 드래곤을 처리하는 것은 아그리아 공작가에겐

필연이나 마찬가지였다. 크릭스의 표정이 서서히 상기되기 시작했다.

"가능하겠습니까?"

"드래곤을 향한 아그리아 공작가의 복수는 설령 황제라고 해도 막지 못한다. 생각해 보아라. 네가 드래곤에게 죽는 모습을 본 우리 가문의 기사들이 어떻게 행동할 것인지를……."

크릭스가 침음성을 울렸다. 기사란 족속들은 머리보다 가슴이 시키는 대로 행동하는 자들이다. 만약 크릭스가 드래곤 앞에 나가 당당한 모습으로 죽음을 받아들인다면 아그리아 공작가의 기사들은 드래곤에 대한 복수심을 끝없이 불태울 것이다. 그리고 목숨을 아끼지 않고 드래곤 사냥에 나설 것이다. 그것을 말릴 수 있는 존재는 아무도 없었다.

"나는 너뿐만 아니라 당시 해츨링에게 구타를 가한 기사들을 모두 내보낼 생각이다. 이미 그들에게 동의를 받아놓았다."

"그들까지 말입니까?"

"그렇다. 그들은 가문의 영광을 위해 흔쾌히 자신을 희생하겠다고 나섰다. 이제 남은 것은 너의 결단뿐이다."

아그리아 공작을 쳐다보던 크릭스가 침을 꿀꺽 삼켰다. 정황을 보니 가문의 안위를 위해 목숨을 바치는 것은 피할 수 없는 선택이었다. 그의 눈에 체념의 빛이 서렸다.

'어차피 그때의 일로 인해 가문 내에서의 입지는 형편없이 쪼그라들었다. 다시금 후계자 자리로 복귀하는 것은 희망 사항에 불과해. 이대로 간다면 평생 코멧 기사단의 평기사로 복무해야 할 터, 구차하게 목숨을 이어가느니 화려하게 산화하는 것이 낫다.'

마음을 정한 크릭스가 고개를 끄덕였다.

"알겠습니다. 기사들도 나선 마당에 제가 꽁무니를 뺄 수 없죠. 가문을 위해 드래곤 앞에 나서겠습니다."

순간 아그리아 공작의 안색이 환히 밝아졌다.

"훌륭한 마음가짐이다. 역시 아그리아 공작가의 직계 혈손답구나. 너의 희생은 영원히 잊지 않을 것이다."

"대신 처자식은 잘 보살펴 주십시오. 다른 사람도 아닌 아버님의 며느리와 손자들입니다."

"내 이름을 걸고 그들의 풍요로운 생활을 약속하겠다."

"아버지를 믿겠습니다."

시선을 돌리는 크릭스의 얼굴에는 쓸쓸함이 감돌고 있었다.

크릭스의 결정은 즉각 귀족회의에 전달되었다. 아그리아 공작은 용의주도하게도 그 사실을 황제에게 먼저 고했다.

―골드 드래곤과 아그리아 공작가 사이의 원한 관계를 해

소하기 위해 크릭스 아그리아가 드래곤 앞에 나서기로 결정했다. 당시 드래곤을 구타한 기사 두 명도 함께 나갈 것이다. 아그리아 공작가를 향한 드래곤의 원한을 공개적으로 풀어주겠다는 뜻이다.

소식을 들은 황제는 즉시 그 사실을 루카스 후작가에 통보했다. 그리고 공증인을 보내 과정을 직접 주관하겠다는 의사를 표명했다.

소식이 전달되자 루카스 후작가의 분위기가 술렁일 수밖에 없었다. 서신을 받아 든 엘빈이 난감한 표정을 지었다.

"역시 아그리아 공작은 보통내기가 아니로군. 이런 식으로 상황을 타개하려 하다니 말이야."

그는 즉각 리셀을 불러들였다.

"부르셨습니까, 주군?"

어깨와 옆구리에 붕대를 감은 리셀이 들어왔다. 부상이 아직까지 낫지 않아 안색이 창백한 편이었다. 엘빈은 먼저 리셀에게 아그리아 공작가의 선택에 대해서 알려주었다.

"그런 선택을 하다니 뜻밖이로군요."

"아무래도 골드 드래곤 아슈레인을 우리 루카스 후작가의 전력에서 제외시키는 것뿐만 아니라 그 이상의 무언가를 노리고 있는 것 같다."

"무슨 뜻인지 잘 모르겠습니다."

"놈들은 크릭스 아그리아를 희생시킴으로써 웨스트가드 성벽의 문제를 타개하려고 하는 것 같다."

엘빈의 추측은 아그리아 공작의 꿍꿍이와 거의 다르지 않았다.

"만약 골드 드래곤 아슈레인이 많은 사람들이 보는 앞에서 크릭스 아그리아를 죽인다면 필경 아그리아 공작 가문 소속의 기사들이 가만히 있지 않을 것이다. 그리고 그들의 복수는 아무도 막을 수 없다. 명분이 있기 때문이다."

기사들의 생리에 대해 잘 알고 있는 리셀이 묵묵히 고개를 끄덕였다.

"그렇지요. 목숨을 아끼지 않고 복수하려 할 것이 분명합니다. 자신을 기사라고 자부하는 자들이라면 말입니다."

"솔직히 말해 아그리아 공작가의 기사 전력은 우리를 월등히 능가한다. 아슈레인을 보호하는 데에는 한계가 있을 수밖에 없어. 그래서 말인데."

엘빈이 지긋한 눈빛으로 리셀을 쳐다보았다.

"혹시라도 아슈레인이 크릭스 아그리아에 대한 복수를 접을 가능성은 없겠나?"

리셀은 생각할 것도 없다는 듯 머리를 흔들었다.

"아마 힘들 것입니다. 아슈레인이 드래곤으로 각성한 원동력이 바로 복수심이니까요. 대상을 크릭스 아그리아로 한정 지은 것만 해도 아슈레인의 입장에서는 엄청나게 양보한 것입니다."

"난감하군. 많은 사람들이 보는 앞에서 크릭스를 죽여버린다면 상황이 묘해지는데 말이야."

드래곤은 인간과 원천적으로 다른 존재이다. 인간들은 드래곤을 경원하면서도 한편으로 두려워한다.

만약 골드 드래곤 아슈레인이 사람들이 보는 앞에서 크릭스 아그리아를 저세상으로 보내버린다면 어떤 결과가 초래되겠는가? 그렇게 될 경우 관전한 사람들은 골드 드래곤 아슈레인에 대해 반감을 가지게 될 것이다. 최악의 경우 아그리아 공작가의 복수에 끼어들려는 가문이 나올지도 모른다.

그게 아니더라도 드래곤은 실로 풍성한 소득을 기대할 수 있는 일급 사냥감이다. 그런 만큼 드래곤 사냥에 끼어들어 한 다리 걸치려 하는 자가 나올지도 모른다.

설명을 들은 리셀의 표정이 심각해졌다.

"상황이 정말 난감하군요."

"현재로서는 아슈레인을 설득하는 것이 관건이야. 자칫 잘못하면 아슈레인의 안전에 큰 위협이 될 수가 있어."

아슈레인의 안전은 오직 그 하나에 국한되는 것이 아니다. 아슈레인이 있음으로써 루카스 후작가는 서부 평원 오크 무리의 침략으로부터 든든한 방벽을 보유하게 되었다. 아슈레인이 사냥당한다면 천 마리에 달하는 와이번 무리는 뿔뿔이 흩어져버릴 것이다. 제아무리 강한 와이번 우두머리라도 천 마리에 달하는 무리를 복종시킬 순 없기 때문이다.

"아직까지는 아그리아 공작가에선 아슈레인이 와이번 무리의 우두머리로 있다는 사실을 알지 못하고 있을 것이다. 하지만 그 사실을 영원히 숨길 수는 없어."

드래곤은 그 자체가 엄청난 마력을 품은 존재이다. 만약 아그리아 공작가에서 마법사를 투입한다면 분명 와이번 둥지에서 풍기는 막대한 마력을 감지할 수 있을 것이다. 그게 드래곤이란 사실을 밝혀내는 데에는 그리 오랜 시간이 필요치 않을 것이다.

"아슈레인과 한번 대화를 해보도록 해라. 어떻게든 그를 설득해야 한다."

그러나 대답하는 리셀의 반응은 그리 신통치 않았다.

"노력은 해보겠습니다만 너무 기대는 하지 마십시오. 워낙 말을 들어 먹지 않는 녀석이라서 말입니다."

"그래도 이대로 내버려둘 수는 없는 일 아니냐."

"그건 그렇지요."

리셀이 내키지 않는 표정으로 몸을 일으켰다. 엘빈은 그런 리셀의 뒷모습을 뚫어지게 쳐다보고 있었다.

마침내 운명의 그날이 다가왔다. 장소는 아그리아 공작가와 루카스 후작가 사이에 새로 그려진 국경 지역이었다. 세 번의 기사대전을 공증한 토르 공작이 역시 참관인 자격으로 참석했다.

드넓은 평원은 무수한 사람들로 인해 북적거렸다. 우선 두 가문에서 질서 유지를 위해 무려 만 명에 달하는 병력을 투입했다. 서로 간의 자존심이 걸려 있는 만큼 병사들은 하나같이 번쩍이는 갑옷과 투구를 입고 있었다.

나머지 사람들은 구경을 하러 온 제국의 귀족들이었다. 기사대전과 마찬가지로 이번 사건 역시 쉽게 보기 힘든 구경거리임에는 틀림이 없었다.

"드래곤과의 원한 관계를 풀기 위해 크릭스 아그리아가 직접 나섰다고?"

"정말 대단하군. 가문의 안위를 위해 목숨을 걸다니 말이야."

물론 드래곤이 어떤 방식으로 원한을 해소할지는 아무도 모른다. 깔끔하게 마법으로 죽여버릴 수도 있었고 한입에 삼켜버릴 수도 있었다.

새카맣게 운집한 귀족들은 골드 드래곤이 어떻게 복수할 것인가를 논하며 여기저기서 웅성거렸다. 그러던 사이 마침내 원한 관계의 당사자들이 현장에 모습을 드러냈다.

먼저 등장한 쪽은 골드 드래곤 아슈레인이었다. 그는 본신의 모습 그대로 많은 기사들의 호위를 받으며 공터에 들어섰다. 물론 아슈레인을 본 귀족들은 눈을 크게 뜨며 놀라워했다.

"살아 있는 드래곤을 보는 것은 머리털 나고 처음이야."
"생각보다는 작군. 갓 성룡이 되어서 그런가?"
 공터의 초입에 도착하자 호위하던 기사들이 쫙 빠졌다. 그어진 공터에는 황제의 명으로 오직 원한 관계의 당사자들만 출입할 수 있기 때문이었다. 새카맣게 운집한 사람들을 힐끔 훔쳐본 아슈레인이 굵직한 다리를 움직여 공터로 들어갔다.
 쿵 쿠웅.
 아슈레인이 걸을 때마다 대지가 비명을 질러댔다. 그렇게 아슈레인이 공터로 걸어 들어가자 이번에는 아그리아 공작가 측에서 일단의 사람들이 나섰다. 다수의 기사들에게 호위를 받고 있는 크릭스 아그리아였다.

 크릭스는 가슴을 쫙 편 채 공터 안으로 들어왔다. 그런 그를 머리가 희끗희끗한 노기사 두 명이 뒤따랐다. 라일과 피센, 크릭스의 명을 받고 아슈레인을 구타했던 장본인들이었다. 수많은 아그리아 공작가의 기사들이 그들을 철통같이 에워싼 채 이동했다. 그러나 공터의 초입에 다다르자 호위 기사들은 빠질 수밖에 없었다.
 고개를 돌려 아그리아 공작가의 진영을 한번 쳐다본 크릭스가 성큼성큼 걸음을 옮겼다. 두 명의 노기사도 굳은 표정으로 뒤를 따랐다. 망설임 없이 걸음을 옮긴 그들은 오래지 않아 드래곤의 면전에 도착할 수 있었다.

크릭스를 보는 아슈레인의 눈빛은 이글이글 불타오르고 있었다. 어머니를 사냥한 데 이어 자신을 혹독하게 구타한 원흉을 보니 감정이 들끓지 않을 도리가 없다. 거대한 주둥이가 벌어지며 묵직한 음성이 흘러나왔다.

─드디어 만나게 되었군.

순간 움찔했지만 세 명의 기사는 가슴을 쫙 폈다. 이미 죽음을 각오한 자들이라 두려워할 것이 없었다. 크릭스가 호기 있게 입을 열었다.

"그렇다, 드래곤이여. 맺힌 매듭을 풀기 위해 나, 크릭스 아그리아가 네 앞에 나왔다."

감정이 고조되었는지 크릭스가 격양된 어조로 말을 이어나갔다.

"가문의 안위를 위해 이 자리에 나왔지만 다시 그때로 돌아간다 해도 난 동일하게 행동할 것이다. 그 상황에서는 그게 최선이었기 때문이다. 가문을 위해 무엇을 망설이겠는가?"

함께 나온 두 명의 노기사도 한마디씩 덧붙였다.

"그때의 일을 후회하지 않소. 기사라면 목숨을 걸고서라도 주군의 명령에 따라야 하는 법이니까."

"우리의 목숨은 엄연히 주군의 것이오."

크릭스의 옆에 버티고 선 노기사 두 명을 본 아슈레인의 입매가 기묘하게 비틀어졌다.

―너희들은 도대체 왜 나온 거지? 내 복수의 대상은 엄연히 크릭스 아그리아뿐이다.

두 명의 노기사가 입을 모아 대답했다.

"우린 그대가 해츨링이었을 당시 직접 구타를 가했던 장본인이오."

"그에 따른 책임을 회피할 생각이 없소."

결연함이 묻어나오는 음성이었다. 그러나 아슈레인은 그 말에 그다지 감명을 받지 않은 것 같았다. 그가 공증을 보는 토르 공작을 힐끔 쳐다보았다.

―돌아가라. 그대들을 대상으로 복수를 행할 생각은 없다.

"그럴 수 없소. 우린 주군과 운명을 같이 할 것이오.

―너희들은 내 복수의 대상이 아니다. 너희들은 망치나 낫 같은 도구에 불과하다. 그 누가 한낱 도구에게 책임을 물을 수 있단 말인가?

졸지에 도구로 전락한 노기사들이 이를 부드득 갈았다. 그때 공증을 보던 토르 공작의 음성이 울려 퍼졌다.

"크릭스 아그리아 경만 남고 남은 분들은 돌아가시오. 드래곤께서 복수의 대상이 아니라고 말씀하셨으니 더 이상 남아 있을 이유가 없소."

공증인까지 나선 마당에 더 이상 버틸 수 있을 리가 없었다. 결국 라일과 피센, 두 노기사는 크릭스를 남겨두고 쓸쓸히 발길을 돌릴 수밖에 없었다.

몸을 돌린 기사들의 눈에는 은연중에 생명을 건졌다는 희열감이 배어 나오고 있었다. 기사의 명예와 가족의 안위를 위해 드래곤 앞에 나서긴 했지만 목숨에 미련이 전혀 없을 수는 없는 법이다. 공터 밖으로 나간 그들을 동료 기사들이 반갑게 맞아주었다.

아그리아 공작의 얼굴은 살짝 일그러져 있었다. 드래곤의 쓸데없는 자비심(?)으로 인해 일이 어긋났기 때문이었다.

'난감하군. 저들마저 희생되어야 우리 가문 기사들의 공분을 불러일으킬 수 있거늘.'

그러나 아직까지 일을 완전히 망친 것은 아니었다. 아그리아 공작이 침을 삼키며 돌아가는 추이를 지켜보았다.

두 명의 기사가 돌아가고 홀로 남겨지자 크릭스의 안색이 살짝 경직되었다. 지금까지는 노기사 두 명이 함께 있어서 용기를 낼 수 있었지만 홀로 남겨지자 간담이 형편없이 쪼그라들었다. 자고로 인간은 여럿이 뭉쳐야 힘을 낼 수 있는 존재이다. 그런 관점에서 크릭스를 혼자 남긴 아슈레인의 판단은 지극히 현명했다.

바로 지척에 버티고 서 있는 드래곤의 존재감은 실로 장난이 아니었다. 엄청난 위압감으로 인해 크릭스는 숨이 턱 막히는 것을 느꼈다.

 '잘못했어. 이럴 줄 알았다면 금빛 도마뱀 작전에 지원하지 않을 것을······.'

 심지어 그는 지난 일을 후회하고 있었다. 바로 그때 묵직한 음성이 귓전을 파고들었다.

 —크릭스 아그리아. 그대는 부하 기사들을 시켜 나에게 혹독한 구타를 가함으로써 드래곤의 존엄성을 손상시켰다. 그에 대한 복수는 드래곤에게 부여된 합당한 권리이기도 하다.

 크릭스의 이마에서 식은땀이 줄줄 흘러내렸다. 자신도 모르게 다리가 후들후들 떨려왔다. 조금 전의 호기는 온데간데없이 공포심이 전신을 잠식해 들어가기 시작했다.

 —이제 그에 대한 복수를 하겠다.

 냉혹하게 말을 끝맺은 아슈레인이 주문을 외우기 시작했다. 용언으로 된 주문이 웅얼거리며 사방으로 퍼져 나갔다. 눈을 질끈 감았지만 크릭스의 다리는 눈에 띄게 떨리고 있었다.

 '차, 참아야 해. 이 순간만 넘기면 모든 것이 해결될 거야. 이렇게 많은 사람들 앞에서 추한 모습을 보일 수는 없어. 나는 아그리아 공작가의 적손이야.'

 그러나 애석하게도 크릭스가 기다리는 순간은 좀처럼 다가오지 않았다. 아슈레인은 그야말로 한참 동안 주문을 외웠다. 도대체 무슨 마법을 준비하는지 알아낼 도리가 없었다.

그 시간은 크릭스에게 한마디로 피를 말리는 시간이었다. 당장에라도 몸을 돌려 도망치고 싶었지만 한 가닥 남은 체면이 다리를 붙잡고 있는 것이다.

그 모습을 주문을 외우던 아슈레인이 낱낱이 지켜보고 있었다. 마법의 조종인 드래곤답게 주문을 외우견서도 딴생각을 할 수 있었다.

'리셀 녀석의 말이 맞군. 어릴 때부터 특별 대우를 받고 자란 귀족 자제들은 대체적으로 참을성이 없다 했거늘.'

며칠 전 리셀이 아슈레인을 찾아왔다. 그리고 아슈레인에게 혹시 자비심을 베풀 생각이 없냐고 물어왔다. 물론 아슈레인의 반응은 격하기 그지없었다.

"지금 장난하나? 그 순간을 위해 인고의 세월을 버텨왔거늘 이제 와서 복수를 포기하라고? 쓸데없는 소릴 하려거든 꺼져라. 그럴 생각은 전혀 없으니 말이다."

아슈레인의 완강한 태도를 본 리셀은 더 이상 말을 늘어놓지 않았다. 대신 한마디를 던졌을 뿐이었다.

"난 친구를 잃고 싶지 않아. 나이가 들어 임종할 때 네 녀석의 배웅을 받고 싶단 말이야. 루카스 후작가, 아니 날 위해서라도 넌 무사해야 해."

결정적인 한마디에 아슈레인은 결국 고집을 꺾고 리셀의

조언을 들어주었다. 그리고 난 뒤 이 자리에 나온 것이다. 아슈레인의 눈빛은 차분히 가라앉아 있었다.

'그래. 아직까지 난 인간들의 집단 공격에 버틸 만큼 강하진 않아. 그토록 강하셨던 어머니마저 인간들의 손에 사냥당했잖아? 힘든 과정을 거쳐 드래곤으로 각성했는데 어이없이 사냥당할 수는 없는 노릇이지. 복수도 소중하지만 생존은 더욱 소중해.'

게다가 아슈레인은 얼마 전 드래곤 로드의 방문을 받았다. 정황을 보니 그동안 아슈레인의 활약상을 세심하게 지켜본 모양이었다.

그는 아슈레인에게 한 가지를 제안했다. 그것은 바로 아슈레인이 더 이상 인간들의 일에 끼어들지 않고 드래곤의 율법을 지키면 훗날 일족으로 인정해준다는 한마디였다.

―드래곤은 철저히 중도를 지켜야 하는 존재이다. 지금처럼 인간들의 진흙탕 싸움에 끼어들지 않고 드래곤의 품위에 맞게 행동한다면 널 다시 일족으로 받아들이는 것을 고려해 보겠다.

아슈레인의 마음에 잔잔한 파문을 던지는 한마디였다. 그로 인해 아슈레인은 복수에 대해 다시 한 번 생각해 볼 여유를 갖게 되었다.

'어차피 지금의 어머니가 죽고 나면 와이번 무리의 우두머리로 살아야 할 당위성이 사라지게 된다. 이후의 삶도 나

에겐 중요해. 드래곤의 수명은 인간과는 비교조차 하기 힘들 정도로 기니 말이야.'

 그것이 바로 아슈레인이 크릭스와 함께 나온 기사들에게 자비심을 베푼 원천이었다. 원래의 아슈레인이었다면 생각해볼 것도 없이 세 명을 한꺼번에 싸잡아 죽여버렸을 것이다. 생각을 하는 사이 마침내 주문이 완성되었다. 고조된 음성이 사방으로 울려 퍼졌다.

 ─이제 너에게 복수를 하겠다.

 말이 끝나는 순간 허공에 시퍼렇게 빛나는 방전구가 생겨났다.

 파츠츠츠.

 방전구는 소름 끼치는 소리를 내뿜으며 점점 커져갔다. 그 모습에 크릭스는 더 이상 자신을 주체하지 못했다. 그가 공포에 질려 하얗게 질린 얼굴로 정신없이 고개를 내저었다.

 "아, 안 돼! 이대로 죽을 수는 없어."

 급기야 그는 정신없이 몸을 돌려 도주하기 시작했다.

 "죽고 싶지 않아. 죽고 싶지 않다고! 아버지! 살려주세요."

 그러나 절규가 무색하게 아슈레인이 만들어낸 방전구에서 한줄기 섬광이 내려꽂혔다. 섬광은 정확하게 도망치는 크릭스의 등판에 작렬했다.

번쩍.

필사적으로 도망치는 크릭스의 움직임이 급격히 느려졌다. 막 걸음을 내디딘 발이 그 상태 그대로 굳어졌다. 겁먹은 표정이 역력한 얼굴 또한 딱딱하게 경직되었다. 크릭스가 움직임을 멈추는 데에는 그리 오랜 시간이 걸리지 않았다.

아슈레인이 크릭스에게 건 마법은 대인 살상 마법이 아니었다. 바로 석화마법이었다. 살아 있는 생명체의 세포를 돌로 만드는 마법. 아슈레인은 바로 그 마법으로 크릭스를 돌로 만들어버린 것이다.

"세, 세상에……."

모여 있던 귀족들이 입을 딱 벌렸다. 마법을 걸어 사람을 돌로 만드는 장면을 쉽게 목격할 수 있을 리가 없었다.

크릭스는 정말 묘한 자세로 돌이 되어버렸다. 한껏 겁먹은 얼굴에다 눈꼬리에는 눈물이 방울방울 맺혀 있었다. 공포에 휩싸여 도망치는 자세 그대로 돌이 되어버린 것이다.

아슈레인이 착 가라앉은 눈빛으로 돌이 된 크릭스를 쳐다보았다.

―이것으로 내 복수는 모두 끝났다.

아슈레인의 시선이 향한 곳은 아그리아 공작가의 진영이었다. 뜻밖의 상황에 그들은 눈을 부릅뜨고 있었다.

―복수가 완료되었으니 아그리아 공작가를 더 이상 적대

시하지 않겠다.

"……."

―크릭스 아그리아는 죽은 것이 아니다. 마법을 걸어 석화시킨 것뿐이지. 원 상태로 되돌리더라도 상관하지 않을 것이다. 단 드래곤이 건 마법을 파훼할 자신이 있다면 시도하라. 크릭스의 생명력은 최소한 보름 동안 우지될 것이다.

그 말에 아그리아 공작 가문의 진영이 술렁거렸다. 설마 드래곤이 크릭스를 죽이지 않고 돌로 만들어버릴 줄은 몰랐기 때문이었다. 시선을 거둔 아슈레인이 이번에는 공증인인 토르 공작을 쳐다보았다.

―이 시간 이후부터 나는 더 이상 인간들의 전쟁에 끼어들지 않을 것이다. 거짓을 말하지 않는 드래곤의 약속이니만큼 믿어도 될 것이다.

그 말에 토르 공작이 자리에서 일어났다.

"관대하신 처분에 감사드립니다. 이로써 골드 드래곤과 아그리아 공작가 사이에 얽힌 원한 관계가 해소되었음을 공표합니다."

모든 일이 끝나자 아슈레인이 몸을 돌려 루카스 후작가의 진영으로 성큼성큼 걸어갔다. 모여 있던 기사들이 좌우로 쫙 갈라지며 길을 열어주었다. 그들 사이를 통과한 아슈레인은 미소를 짓고 있는 엘빈과 그 옆에 창백한 얼굴로 서 있는 리셀을 쳐다보았다.

―복수가 끝났으니 루카스 후작가와의 동맹 관계 역시 그 효력을 상실했다. 해서, 나는 이만 떠날 생각이다. 인연은 여기까지이다.

엘빈이 미소를 지으며 공손히 예를 취했다.

"그간 감사했습니다. 부디 가시는 길 평안하시길."

―그동안 고마웠다.

엘빈 옆에 서 있는 리셀을 힐끔 쳐다본 아슈레인이 날개를 활짝 펼쳤다.

파아아앗.

힘찬 날갯짓이 피워 올리는 바람에 병사들이 비틀거렸다. 잠시 후 아슈레인이 쏜살같이 허공에 떠올랐다.

하늘 높이 날아오른 아슈레인이 어딘가를 향해 날아갔다. 물론 그가 날아가는 곳은 웨스트가드 성벽 근처에 위치한 와이번의 서식지일 터였다.

아그리아 공작의 얼굴은 참담하게 일그러져 있었다.

"젠장! 당해버렸군."

일이 꼬여도 이렇게 꼬일 수는 없었다. 가증스러운 골드 드래곤이 크릭스를 죽이지 않고 돌로 만들어버리다니……. 설마 그렇게 처리해버릴 것이라곤 꿈에도 예상하지 못했다. 그로 인해 휘하 기사들의 공분을 불러일으킨다는 계획은 영락없이 물거품이 되어버렸다.

돌이 되었지만 크릭스는 죽은 것이 아니다. 그뿐 아니라 드래곤은 자신이 있다면 마법을 풀어도 된다고 허락까지 했다. 그런 만큼 기사들의 눈에서 좀처럼 적의를 찾아볼 수가 없었다. 오히려 그들은 드래곤의 관대한 처사에 감탄하고 있는 실정이었다.

 게다가 크릭스는 끝까지 당당함을 유지하지 못했다. 마지막 순간 그는 공포를 이겨내지 못하고 추한 모습을 보이고 말았다. 크릭스가 살려달라고 울부짖으며 도망치는 모습은 이 자리에 모인 귀족들이 똑똑히 목격했다. 분명 말도 탈고 말도 많은 귀족 가문들 사이에서 가십거리가 될 것이 틀림없었다. 당장 돌이 된 크릭스의 석상에 조금 전의 추한 행동이 그대로 나타나 있지 않은가?

 그가 보는 사이 일단의 기사들이 달려나가 돌이 된 크릭스를 수습하고 있었다. 아그리아 공작의 눈에 체념의 빛이 서렸다.

 '어쩔 수 없지. 크릭스가 죽지 않은 것만 해도 다행이라면 다행일 테니.'

 어쨌거나 드래곤을 루카스 후작가의 전력에서 분리시킨다는 계획은 성공했다. 그 사실 하나로 위안을 삼은 아그리아 공작이 옆자리의 마법사를 쳐다보았다. 렌테리아 마탑에서 파견된 6서클 마법사였다.

 "힘든 부탁을 드려야 할 것 같소. 돌이 된 크릭스를 원래대로 돌려주시오."

 아그리아 공작은 크릭스를 원래대로 되돌리는 것이 불가능할 것이라 생각하지 않았다. 석화마법이 걸린 대상은 빠른 시일 내에 마법을 해제하기만 하면 살아 있는 상태로 되돌릴 수 있다. 그런데 왠지 모르게 마법사의 표정이 심상찮았다.

"저, 저기."

"드래곤의 마법인 만큼 해제가 쉽지 않다는 사실을 알고 있소. 그 어떤 대가라도 치를 테니 반드시 원 상태로 돌려주시오."

 그러나 마법사는 딱딱하게 질린 얼굴로 고개를 흔들며 말했다.

"아무래도 불가능할 것 같습니다."

 아그리아 공작이 깜짝 놀라 되물었다.

"아니, 어째서 불가능하다는 말이오? 고위급 마법사를 여러 명 불러들여서 함께 시술을 한다면 가능하지 않겠소?"

"마력은 모이더라도 양이 많아질 뿐이지 순도가 높아지지는 않습니다. 게다가 주문의 캐스팅 시간을 보니 드래곤은 일반적인 방법으로 석화마법을 걸지 않았습니다."

 아그리아 공작의 표정이 점점 심각해졌다.

"드래곤이 캐스팅한 시간은 무려 10분에 가깝습니다. 보통 저와 같은 6서클의 마법사가 인간 하나를 석화시키는 데

드는 캐스팅 시간은 채 4분이 걸리지 않습니다. 다시 말해 드래곤은 인간들이 파훼할 수 없도록 최대한 높은 서클로 마나를 재배열한 것이 틀림없습니다. 아마도 9서클의 재배열로 마법을 발동시킨 것으로 추정됩니다."

안색이 하얗게 질린 아그리아 공작이 떠듬더듬 되물었다.

"저, 정녕 해제가 불가능하단 말이오?"

"그렇습니다. 평범한 공격 마법인 파이어 볼도 높은 서클로 마나 배열을 하면 위력이 엄청나게 증가합니다. 위력이 들인 노력과 시간에 정확히 비례하진 않기 때문에 그렇게 하지 않는 것뿐이지요. 그러나 마법의 파훼는 사정이 다릅니다. 정녕 드래곤이 9서클의 재배열로 마법을 걸었다면 우리 마탑의 능력으로는 파훼하는 것이 불가능합니다."

"어, 얼마나 걸리는데 그러시오?"

"마탑주님 이하 고위 마법사들을 총동원하더라도 최소 6개월은 소요될 것입니다. 9서클로 재배열된 석화마법의 마나 배열에 담겨 있는 암호 코드를 풀어내는 데 드는 시간입니다. 그러나 그 기간 동안 크릭스님의 생명력을 유지시키는 것은 원천적으로 불가능합니다. 애석하지만 포기하시는 것이……."

말을 끝맺지 못하고 고개를 푹 수그리는 마법사였다. 넋이 나간 아그리아 공작이 그 자리에 털썩 주저앉았다. 비탄에 찬 음성이 입술을 비집고 흘러나왔다.

"당했어. 정통으로 당해버리고 말았다고."

바닥에 철퍼덕 주저앉은 아그리아 공작의 몸은 극도의 분노로 인해 부들부들 떨리고 있었다.

제4장
주군, 저를 보내주십시오

아슈레인은 아그리아 공작가에 보기 좋게 한 방 먹이고 떠나가버렸다. 그로 인해 루카스 후작가는 잔치 분위기였다. 이제 되찾은 영토만 잘 관리한다면 예전의 성세를 되찾는 것은 일도 아니다. 그러나 정작 루카스 후작가의 수장인 엘빈은 당혹감에 눈을 부릅뜨고 있었다.

"떠, 떠나겠다고?"

"그렇습니다, 주군."

그의 앞에는 리셀이 결연한 표정을 짓고 서 있었다. 아직까지 부상에서 회복되지 않아 안색이 창백했지만 꽉 다문 입술에서는 결의가 배어 나오고 있었다. 충격으로 인해 엘빈의 손이 부들부들 떨렸다.

'하필이면······.'

물론 리셀과의 약속은 엘빈도 똑똑히 기억하고 있다. 켈렌드리스 광산을 되찾으면 출생의 비밀을 밝히기 위해 떠나갈 것을 허락했다. 그러나 이렇게 빨리 켈렌드리스 광산을 되찾을 줄은 몰랐으며, 또한 리셀이 광산을 되찾자마자 떠나겠다고 나설 것이라곤 전혀 예상하지 못했다.

루카스 후작가는 아직까지 과거의 성세를 회복한 것이 아니다. 그러려면 되찾은 영토를 부흥시켜야 하는데 그건 일이 년 만에 해결되는 일이 아니다. 당장 루카스 후작가의 수호신인 블레이드 헌터의 존재가 절실하게 필요한 상황인데 떠나겠다고 하는 것이다. 엘빈이 참담하게 일그러진 얼굴로 리셀을 쳐다보았다.

"정녕 그래야 하겠느냐?"

"켈렌드리스 광산을 되찾음으로써 저는 주군과의 약속을 모두 지켰습니다. 이제는 제 출생의 비밀을 밝혀야 할 것 같습니다."

할 말이 없어진 엘빈이 침묵을 지켰다. 적어도 리셀의 요구에는 한 점의 억지도 없었다.

켈렌드리스 광산의 탈환은 모두가 불가능하게만 여겼던 조건이었다. 리셀은 광산을 되찾고 나면 친부를 만나기 위해 떠나겠다고 말했고 엘빈은 허락해 주었다.

그런데 리셀은 자신이 말한 조건을 충족시켰다. 마땅히 허락해야 하는 상황이었지만 루카스 후작가가 처한 상황을 생각하면 쉽사리 결정하기가 힘들었다.

아그리아 공작가에는 한 명의 블레이드 오너가 남아 있었다. 록히드 백작가에서 영입한 블레이드 오너 카르멜. 그의 존재는 리셀이 떠나고 나면 루카스 후작가에 엄청난 위협이 될 수밖에 없었다.

이미 블레이드 헌터의 독주를 막기 위해 렌테리아 마탑이 아그리아 공작가를 적극적으로 밀어주는 상황이다. 기사의 수와 병력 규모에서 우세한 아그리아 공작가가 리셀이 떠난 틈을 타서 반격을 가해온다면 루카스 후작가로서는 난감한 상황에 처할 수밖에 없다. 게다가 리셀은 엘빈이 전혀 예상하지 못한 요구까지 해왔다.

"자유 기사로 풀어달라고 한 이유를 듣고 싶구나. 말해줄 수 있겠느냐?"

리셀은 망설임 없이 대답했다.

"만약 그분께서 절 아들로 인정해주신다면 마땅히 그분을 위해 검을 들어야 하지 않겠습니까? 그래서 그런 부탁을 드린 것입니다."

엘빈으로서는 더더욱 기가 차는 한마디였다.

블레이드 헌터가 어떤 존재인가? 무려 세 명의 블레이드 오너를 저세상으로 보내고 한 명에게 톡톡히 창피를 준 어마어마한 강자이다.

 이미 아스트리아 제국에서는 리셀을 제국 제일의 기사로 조심스럽게 거론하는 상황이었다. 아스트리아 제국이 배출한 초대 블레이드 오너 루드비히를 꺾은 일 때문에 아무도 리셀의 실력에 이견을 달지 않았다. 그런 기사가 찾아온다면 대관절 어느 귀족 가문에서 거부할 것인가? 설령 사실무근이라고 하더라도 발 벗고 나서서 아들로 인정할 수밖에 없을 터였다.

 당장 엘빈조차도 리셀을 양자로 맞아들이기 위해 그토록 애를 쓰고 있지 않은가? 하지만 리셀은 그런 엘빈의 마음을 전혀 알아주지 않고 떠나겠다고 한다. 엘빈은 자신도 모르게 분노가 치밀어 오르는 것을 느꼈다.

 '그토록 쏟아 부었던 애정이 결국 일방통행이었단 말인가? 비록 핏줄로 이어지지는 않았지만 친아들로 생각하고 아무것도 아끼지 않았거늘……..'

 입술을 비집고 격양된 음성이 흘러나왔다.

 "내가 지금까지 너에게 소홀히 대했느냐?"

 "그렇지 않습니다, 주군."

 "내가 너에게 혹시 실수라도 했느냐?"

 "천부당만부당한 말씀이십니다. 주군께서는 실로 저에게 많은 은혜를 베푸셨습니다."

 그런데 왜 날 배신하려 하느냐는 말이 입 밖으로 튀어나올 뻔했다. 그러나 핏기없는 리셀의 얼굴을 보자 그 말을 뱉을 엄두가 나지 않았다. 리셀은 한마디로 루카스 후작가에 어마어마한 은혜를 안겨준 은인이었다. 침묵을 지키는 엘빈을 보며 리셀이 조용히 심중의 말을 털어놓았다.

"부상을 입고 누워 있는 동안 꿈을 꾸었습니다. 죽은 어머니가 꿈에서 나오셨지요. 그분께서 간곡히 부탁하셨습니다. 반드시 아버지를 찾아가라고, 그리고 어머니께서 그분을 마음 깊이 사랑했다는 말을 전해달라고 하셨습니다."

엘빈은 아무런 말도 하지 못했다. 사실 여기에서 리셀을 탓할 수는 없는 노릇이었다.

리셀은 자신을 견습기사로 삼아준 마스터의 유명을 지키기 위해 그토록 고생을 하면서 루카스 후작가를 찾아왔다. 그리고 불철주야 노력한 끝에 잃었던 영토를 모조리 되찾아 주었다. 그 과정에서 한 번도 우쭐대거나 자신의 공을 내세우지 않았던 우직하고 성실한 기사가 리셀이었다. 엘빈도 모든 것을 떠나 그런 리셀의 성품에 반하지 않았던가?

엘빈이 리셀을 양자로 삼고자 하는 것은 바로 그 이유 때문이었다. 앞에서 거론한 이유를 제외하더라도 리셀을 아들로 삼는다면 평생 배신당할 걱정을 하지 않아도 된다. 충직하고 고지식한 리셀이 주군을 배신한다는 것은 상상조차 할 수 없는 일이다.

그런데 그런 리셀이 루카스 후작가를 떠나가려 하고 있었다. 꿈 이야기까지 들었으니 도무지 만류할 엄두가 나지 않았다. 현기증이 치밀어 오른 듯 엘빈이 머리를 짚었다.
"괘, 괜찮으십니까? 주군."
"괜찮다. 그리고 그 문제는 시간을 두고 생각해 보아야 할 것 같다. 그러니 우선 물러가 보거라."
"알겠습니다, 주군."
리셀이 망설임 없이 뒷걸음질쳐서 물러났다. 몸을 돌려 방에서 나가는 리셀의 등판을 엘빈이 착잡한 눈빛으로 쳐다보고 있었다.

"도대체 어떻게 해야 할까?"
답답한 한숨이 흘러나왔다. 얼마나 고뇌했는지 엘빈의 귀밑머리에는 새치가 서너 가닥 자라나 있었다. 돌연 엘빈의 입가에 자조의 미소가 걸렸다.
"믿음직하게만 생각했던 리셀의 우직함이 도리어 문제가 되어버렸군. 차라리 돈이나 여자에 관심이 있다면 붙잡아두는 것이 불가능하지만은 않을 텐데 말이야."
그가 보는 관점에서 리셀은 금전이나 여색에 정말로 초연한 기사였다.
모든 것을 아낌없이 제공했지만 리셀은 필요하지 않은 것은 일절 가져다 쓰지 않았다. 한마디로 사치와는 완전히 담을 쌓은 기사였다.

심지어 리셀은 여자에게도 전혀 관심이 없었다. 한창 피 끓는 젊은 나이임에도 불구하고 그야말로 완벽하게 감정을 통제했다. 현재 미색이 출중한 시녀들이 대거 동원되어 리셀을 시중들고 있었다. 리셀이 눈길만 준다면 그녀들은 두말도 없이 옷고름을 풀 터였다. 그럼에도 불구하고 리셀은 그 어떤 시녀와도 동침을 하지 않았다.

어디 그것뿐인가? 현재 루카스 영지성에는 귀족 가문에서 파견한 영애들이 득시글거리고 있었다. 리셀의 활약으로 인해 영지를 되찾은 영주들이 감사 표시 차원에서 보낸 영애들도 있었지만 꿍꿍이가 있어서 눌러앉은 영애들도 적지 않았다.

그녀들이 바라는 것은 어떻게든 리셀을 유혹하는 것이다. 정분이 든다면 더 바랄 것이 없고 아기를 가지는 것도 좋았다. 블레이드 헌터의 2세를 잉태한다면 장차 가문에 엄청난 이익이 될 터였다.

그러나 리셀은 지금까지 그런 영애들의 유혹에 한 번도 넘어가지 않았다. 리셀의 일과는 오직 한 가지, 수련, 수련, 수련뿐이었다. 한마디로 검술 연마에 모든 것을 건 외곬수 기사라고 볼 수 있었다.

그런 만큼 리셀을 회유하는 것도 쉽지 않은 일이었다. 뭔가 약한 면이 있어야 회유를 할 건더기가 있을 것이 아닌가? 돌연 엘빈의 눈빛이 빛났다.

"차라리 약속을 깨어버리는 것은 어떨까? 어떤 일이 있어도 자유 기사로 풀어줄 수 없다고 말이야."

리셀의 고지식한 성품은 장점이기도 하지만 이용할 수 있는 단점이 되기도 했다. 당장 엘빈이 떠나보낼 수 없다고 단언한다면 어쩔 것인가? 기사도에 충실한 리셀은 결코 주군의 명을 거역할 엄두를 내지 못할 것이다.

물론 약속을 어긴 엘빈의 체면이 심각하게 깎이기는 하겠지만 말이다. 그러나 어쩌겠는가. 당장 루카스 후작가가 절체절명의 위기에 처할지도 모르는데 말이다. 엘빈이 씁쓸히 웃으며 머리를 흔들었다.

"하지만 그러고 싶지 않다. 약속을 어기고 싶지 않으며 특히 대상이 리셀이라면 더더욱 그러하지."

아무리 생각해도 타개할 방도가 없었기에 엘빈이 계속해서 한숨을 푹푹 내쉬었다.

리셀은 이틀이 지난 후에야 부름을 받았다. 가주의 집무실로 들어간 리셀이 공손히 예를 취했다.

"주군을 뵙습니다."

"어서 오너라."

그간의 고민 때문인지 엘빈의 얼굴은 매우 수척해져 있었다. 그러나 눈빛만은 맑기 그지없었다.

"결정을 내렸다. 나에게 참 힘든 선택을 강요했더구나."

"용서하십시오, 주군."

빙그레 웃으며 고개를 끄덕인 엘빈이 책상 위에 놓인 물체를 들어 올렸다. 금으로 된 얇은 판에 문자가 질서정연하게 새겨져 있었다. 아쉬운 듯 금판을 들여다보던 엘빈이 그것을 리셀에게 내밀었다.

"널 자유 기사로 풀어준다는 증명서이다. 너에게서 받은 충성 서약을 철회한다는 내용이 기재되어 있다."

"주, 주군."

리셀의 눈빛이 파르르 떨렸다. 요구를 하긴 했지만 이토록 흔쾌히 받아줄 것이라곤 예상하지 못했다.

"정말 고민 많이 했다. 심지어 약속을 어기면서까지 널 붙잡아두려고 했었다. 하지만 네가 루카스 가문에 공헌한 걸 생각하니 도저히 그럴 수 없더구나. 해서 결정했다. 네가 원하는 대로 해주기로 말이다."

"……."

"이제 넌 루카스 후작가의 기사가 아니다. 그 누구도 새로운 주군으로 삼을 수 있는 자유 기사 신분이지."

대답할 엄두를 내지 못한 리셀이 떨리는 눈빛으로 엘빈을 쳐다보고 있었다.

"한 가지만 부탁해도 되겠느냐?"

"말씀하십시오. 주군."

"만약 베텔 왕국의 귀족이 널 아들로 인정하지 않을 경우

다시 루카스 후작가로 돌아와 줄 수 있겠느냐?"

리셀의 눈가가 파르르 떨렸다.

"물론입니다. 그것은 도리어 제가 드려야 할 부탁 같습니다. 제 발로 나간 제가 도대체 무슨 면목으로……."

엘빈이 조용히 리셀의 말을 끊었다.

"루카스 후작가의 대문은 언제든지 너를 위해 열려 있을 것이다. 비록 자유 기사로 풀어주었지만 나는 언제까지라도 너를 루카스 후작가의 기사로 생각할 것이다."

"주군!"

리셀에게서 시선을 거둔 엘빈이 책상 서랍을 뒤적였다.

"베텔 왕국까지 여행하는 데 필요한 물품을 마차에다 준비해 두었다. 네 성품상 꼭 필요한 것만 가져갈 게 뻔하지만 가급적 많이 가져가도록 해라. 여행에는 돈이 무척 많이 드는 법이다."

"알겠습니다."

"그리고 이것은 혹시라도 필요할지 몰라 준비했다."

엘빈이 꺼내준 것은 척 보기에도 리셀이 받은 금판과 차이가 나는 동판이었다. 금판과 마찬가지로 문자와 직인이 새겨져 있었다. 리셀이 조심스럽게 동판 상단에 적힌 이름을 읽었다.

"러셀 트로이?"

"베텔 왕국 출신의 견습기사이다. 공교롭게도 너와 이름이 비슷하더구나. 가신 가문인 던컨 자작을 섬기던 견습기사인데 사냥하다 불행히도 목숨을 잃었다. 동료를 구하기 위해 위험을 무릅쓴 공을 기려 사후에 내가 기사로 서임해 주었다."

리셀은 아무런 말도 하지 않고 엘빈의 말을 듣고 있었다.

"혹시라도 쓸 데가 있을지 몰라 러셀의 죽음을 감추고 있었는데 적절하게 쓸 데가 생겼구나."

일리가 있다는 듯 리셀이 고개를 끄덕였다. 귀족 가문의 정보원들에게는 위장 신분이 필수이다. 사냥 도중 죽은 기사의 신분증이라면 요긴하게 쓰일 것이 분명했다.

"죽은 러셀 역시 너와 마찬가지로 자유 기사로 풀어두었다. 신분증상으로는 아무런 하자가 없으니 검문에 걸리더라도 문제 될 것이 아무것도 없을 것이다."

다른 사람도 아니고 루카스 후작가의 가주가 직접 만들어 준 위장 신분증이다. 혹시 신원 조회가 들어온다 하더라도 문제 될 것이 있을 리가 없다. 리셀이 당황한 표정으로 신분증을 들여다보았다.

"굳이 그럴 필요가 있겠습니까? 주군."

그 말을 들은 엘빈의 입가에 미소가 번져갔다.

"넌 아직까지 네 위치에 대해 자각하지 못하고 있구나. 만약 네가 네 신분 그대로 여행을 한다면 실로 엄청난 혼란이 초래될 것이다. 그렇게 생각하지 않느냐?"

리셀이 묵묵히 고개를 끄덕였다. 엄청난 파란을 불러일으킨 블레이드 헌터가 자유 기사 신분이 되었다면 아스트리아 제국 전체가 발칵 뒤집힐 터였다. 당장 많은 귀족 가문에서 리셀을 영입하기 위해 발 벗고 나설 것이다. 아니, 그전에 황실에서 먼저 손을 뻗어올 터였다.

"게다가 이 사실을 황제 폐하께서 알게 된다면 문제가 커질 소지가 크다. 비록 베텔 왕국이 아스트리아 제국의 속국이긴 하지만 블레이드 헌터를 타국으로 넘긴 행위는 폐하께서 충분히 분노하고도 남을 문제야."

"그, 그렇습니까?"

"그러니 가급적 신분을 드러내지 말고 여행하도록 해라. 일단 네 친부가 있는 귀족 가문에 도착하고 나서 신분을 드러내야 한다. 일단 아들로 인정받고 나면 황제 폐하도 더 이상 어쩔 수 없으실 것이다."

"그렇게 하도록 하겠습니다."

고개를 끄덕인 리셀이 조심스럽게 두 장의 신분증을 챙겨 넣었다. 엘빈이 착잡한 눈빛으로 리셀을 쳐다보았다.

"이별이 길면 결과가 좋지 않은 법이다. 그러니 서둘러 떠나도록 해라. 까마귀 전대의 부하들에게는 내가 잘 설명하도록 하겠다."

"알겠습니다, 주군."

"그러고 보니 레이첼이 이 사실을 알면 무척 슬퍼하겠군.

아무래도 네가 떠나고 나서 이야기해주어야겠어."

그 말에 리셀이 멈칫했다. 눈매가 파르르 떨리는 것을 보아 격동이 적지 않은 모양이었다. 그러나 리셀은 솟구치는 감정을 억지로 눌렀다.

"그럼 이만 가보겠습니다. 주군."

바로 그때 엘빈이 리셀을 불렀다.

"리셀."

"하명하십시오."

억지로 웃음을 지은 엘빈이 팔을 활짝 벌렸다.

"마지막으로 한번 안아보자꾸나. 떠나고 나면 널 안아볼 기회가 다시 올지 모르니 말이다."

엘빈은 대답을 듣지도 않고 당황해 하는 리셀을 와락 끌어안아버렸다. 그의 독백은 오직 마음속으로만 울릴 뿐이었다.

'꼭 돌아오너라, 리셀. 내 아들아.'

엘빈은 한참 만에야 리셀을 풀어주었다. 예상치 못한 애정 표현에 리셀은 적잖게 당황해 하고 있었다. 엘빈은 용무가 끝났다는 듯 몸을 돌렸다.

"그럼 떠나거라. 부디 네 앞길에 신의 축복이 함께하길 바란다."

"그럼 보중하십시오. 주군."

검을 뽑아든 리셀이 정중한 자세로 검례를 한 뒤, 망설임 없이 몸을 돌려 집무실을 걸어나갔다. 그 모습을 엘빈은 눈도 떼지 못하고 쳐다보고 있었다.

 엘빈이 리셀을 위해 준비한 물품은 실로 방대했다. 여섯 마리의 말이 끄는 마차가 리셀을 기다리고 있었다. 마차의 뒤로 돌아가 본 리셀의 눈이 휘둥그레졌다.
 "세상에……."
 한눈에 보기에도 고급스러워 보이는 갑주가 무려 세 벌이나 마차 벽에 걸려 있었다. 스커트 뒤에 마정석 소켓이 있는 것을 보니 모두가 마법 갑옷 같았다.
 마법 갑옷 한 벌만 해도 쓸만한 영지 하나를 살 수 있는 가치를 자랑한다. 그런 것을 리셀에게 세 벌이나 내린 것이다. 마차 안에는 그것 외에도 기사들이 쓰는 각종 무구와 무기들이 질서정연하게 정돈되어 있었다.
 여행에 필요한 물품 역시 풍족하게 마련되어 있었다. 건량과 식수, 심지어는 모닥불을 피울 때 쓰는 장작까지 잘 묶여 마차 바닥에 실려 있었다. 리셀이 쓴웃음을 지었다.
 '마지막 가는 순간까지도 부담을 팍팍 주시는군.'
 리셀이 잠자코 마차에 묶여 있는 말을 풀었다. 여섯 마리의 말 중에서 가장 평범해 보이는 한 마리를 고른 리셀이 안장을 올렸다. 그리고 마차로 다가가서 필요한 물품을 주섬주섬 챙기기 시작했다.

세 벌의 마법 갑옷에는 손도 대지 않았다. 교체용으로 실어둔 것으로 보이는 흉갑과 견갑을 한 벌씩 골라낸 리셀이 그것을 착용했다. 그런데 견갑을 착용하려던 리셀이 얼굴을 찌푸렸다.

"크윽."

아직까지 어깨가 낫지 않아서 견갑을 착용하는 것은 무리인 것 같았다. 고민 끝에 견갑을 포대에 집어넣은 리셀이 여행에 필요한 물품을 주섬주섬 챙겼다. 말린 고기와 곡물 가루, 수통 등 여행 물품을 챙겨 넣자 조그마한 꾸러미 두 개가 생겨났다. 리셀은 그것을 말안장 양옆에 늘어뜨렸다. 그 모습에 시종들의 눈이 휘둥그레졌다.

"그것만 가지고 가시게요?"

고개를 돌린 리셀이 빙그레 미소를 지어주었다.

"여행 중인 자유 기사에겐 이것도 충분한 호사입니다."

엘빈은 리셀을 위해 여비도 풍족하게 준비해 두었다. 그러나 리셀은 금화가 들어 있는 조그마한 꾸러미 하나만을 챙겼다.

"이 정도면 베텔 왕국까지 가는 데 아무런 문제가 없을 테지."

고개를 끄덕인 리셀이 말 위에 올라탔다. 아무런 표식이 없는 방패 하나가 말의 엉덩이에 대롱대롱 매달려 있었다.

"그럼 이만 가보겠소. 주군께 내가 떠났다고 전해주시

오."

"아, 알겠습니다."

고개를 조아리는 시종들로부터 시선을 거둔 리셀이 말의 고삐를 슬쩍 잡아당겼다. 그러자 말이 느린 속도로 움직이기 시작했다. 마차를 끌던 말이라서 반응이 많이 느렸다.

'그나저나 까마귀 전대원들이 이 사실을 알게 되면 폴짝폴짝 뛰겠군. 또다시 자신들을 배신했다고 말이야.'

쓴웃음을 지은 리셀이 말을 몰아 영주성 밖으로 나왔다. 이미 엘빈이 후문 근처에 접근 금지령을 내렸기에 리셀이 떠나는 모습을 본 사람은 시종 서너 명이 전부였다.

해자를 건넌 리셀의 앞으로 쭉 뻗은 관도가 모습을 드러냈다. 거기에서 리셀은 망토에 달린 후드를 깊숙이 눌러썼다. 루카스 후작가의 블레이드 헌터 리셀이 자유 기사가 되어 떠났다는 사실은 아직까지 아스트리아 제국에 알려져서는 안 된다. 적어도 베텔 왕국의 트레모어 공작가에 도착할 때까지는 비밀이 지켜져야 했다.

그러나 리셀은 알지 못했다. 성 밖이 내려다보이는 영주 집무실에서 누군가가 떠나가는 리셀의 뒷모습을 물끄러미 쳐다보고 있다는 사실을 말이다. 창문가에서 하염없이 쳐다보는 시선은 리셀에게서 좀처럼 떨어질 줄을 몰랐다.

드넓은 관도를 말 한 필이 느릿하게 걷고 있었다. 말안장 위에는 흉갑을 입은 기사 한 명이 흔들리는 말의 움직임에 몸을 내맡기고 있었다. 가슴에 걸쳐 입은 갑옷에는 아무런 표식이 새겨져 있지 않았다. 루카스 후작가를 떠나온 리셀이었다.

리셀의 얼굴에는 시원섭섭한 감정이 떠올라 있었다. 자신의 모든 능력을 유감없이 발휘하여 부흥시킨 루카스 후작가. 그곳을 떠나오는데 아쉬움이 없을 리가 없었다.

리셀은 한마디로 말해 루카스 후작가의 수호신이었다. 그대로 남아 있었다면 상상도 하기 힘든 부귀영화를 누릴 수 있었을 것이다. 가주인 엘빈 루카스의 양자가 되어 루카스 후작가를 물려받으면 평생 남부럽지 않게 살 수 있을 터였다.

그러나 리셀은 그런 어마어마한 조건을 뿌리치고 루카스 후작가를 떠났다. 도대체 리셀이 무슨 생각으로 이런 결정을 내렸는지는 아무도 몰랐다.

"시간이 제법 걸리겠어. 아스트리아 서남부에 자리 잡은 루카스 후작가에서 동북부의 베텔 왕국으로 가려면 말이야."

아스트리아 제국은 자타가 공인하는 초강대국이다. 따라서 영토의 넓이가 상상도 하기 힘들 만큼 넓었다. 그 큰 제국을 완전히 관통해야 하니 실로 머나먼 여정이라고 볼 수 있었다.

현재 아스트리아 제국의 서남부는 대부분 루카스 후작가와 그 영향력이 미치는 영주들이 다스리고 있었다. 리셀이 그곳을 여행하는 데에는 아무런 문제가 없었다. 그러나 영주성을 방문하는 일은 기필코 피해야 했다. 루카스 가문에 소속된 영주들은 대부분 리셀의 얼굴을 알고 있었다. 함께 전장에 투입되어 영지전을 치렀으니 몰라보는 게 오히려 이상한 일이다.

'간단히 변장을 하긴 했지만 말이야.'

리셀은 평소에 기르지 않던 수염을 기르고 있었다. 코 밑과 턱에는 덥수룩하게 수염이 나서 언뜻 보면 알아보기 힘들었다. 그러나 영주성에 가서는 안 된다. 영주들이 영지를 되찾아준 은인의 얼굴을 알아차리지 못하는 것은 말도 되지 않는다.

해서 리셀은 루카스 후작가의 영향력이 미치는 영토를 최대한 빠른 속도로 지나칠 생각이었다. 그리고 그것은 주군인 엘빈의 배려 덕분에 순탄하게 진행되었다.

루카스 후작가의 직영지를 벗어난 지 하루도 되지 않아 검문소가 리셀의 앞을 막아섰다. 그 지역을 다스리는 영주가 설치한 검문소였다. 거리낄 것이 있을 리가 없었기에 리셀은 망설임 없이 검문소로 접근했다. 수염이 덥수룩한 기사 한 명이 리셀에게 손을 내밀었다.

"신분증을 보여주시겠습니까?"

리셀은 두 말도 없이 주군에게 받은 위장 신분증을 내밀었다.

"흠. 러셀 트로이, 자유 기사 신분이시군요. 고향인 베텔 왕국으로 가신다고요?"

"그렇소."

"머나먼 여정이로군요. 괜찮으시다면 영주성에 잠시 방문하셔서 식사라도 하시지 않겠습니까? 영주님께서 환대하실 것입니다."

여행 중인 자유 기사를 만나면 영주들은 예외 없이 식사에 초대한 다음 휘하 기사들을 동원하여 시험을 치른다. 예법이나 검술 실력 등등 모든 면을 세심하게 살펴보는 것이다. 그 결과 쓸만하다고 판단되면 영주들은 지체 없이 포섭 작업에 들어간다.

기사 한 명을 길러내는 데에는 무척 많은 비용이 든다. 자질이 뛰어난 청년을 찾아내어 견습기사로 삼은 뒤 몇 년 동안 먹이고 입히고 훈련시켜야 비로소 기사 행세를 할 수 있는 것이다.

그런 관점에서 보면 다른 귀족에게 서임을 받은 자유 기사를 휘하에 거둬들이는 것은 실로 엄청난 이득이었다. 일단 어느 정도 수준이 되어야만 서임을 받을 수 있기 때문이다.

때문에 검문소에 파견된 기사들은 여행 중인 자유 기사를 보면 예외 없이 영입 제의를 하곤 했다. 그러나 리셀의 입장에서는 결코 그럴 수가 없었다.

이곳은 바로 브라운 남작의 영지였다. 기사 전력이 현저히 부족하다 보니 자유 기사 영입에 안간힘을 쓸 수밖에 없었다. 다른 사람도 아닌 리셀이 영지를 되찾아 주었으니 영주성에 가기만 하면 곧바로 정체가 드러나 버릴 것이다. 아무리 변장을 해도 브라운 남작은 대번에 리셀의 얼굴을 알아볼 것이다.

리셀이 아무런 말도 하지 않고 증명서 한 장을 더 꺼내어 내밀었다. 그것을 본 검문 기사의 눈이 커졌다.

"몰라 뵈어 죄송합니다. 설마 후작 각하의 밀명을 수행하러 가시는 줄은 몰랐습니다. 길을 열어드리겠습니다."

공손히 검례를 취한 기사가 증명서와 신분증을 다시 리셀에게 돌려주었다.

"감사합니다."

"별말씀을……. 부디 앞길에 무운이 깃드시기를 기원하겠습니다."

그가 손짓을 하자 병사들이 길을 열어주었다. 그 사이로 리셀이 휘적휘적 말을 몰아 나갔다.

이런 일은 루카스 후작가의 영향력이 미치는 대부분의 지역에서 벌어졌다. 주군인 엘빈이 마련해 준 것은 자유 기사 러셀이 모종의 임무를 수행하고 있으니 전폭적인 협조를 부탁한다는 증명서였다.

그 증명서를 본 검문소의 기사들은 두 말도 없이 러셀을 통과시켰다. 다른 사람도 아닌 루카스 후작이 직접 서명한 증명서이니만큼 발길을 잡아둘 엄두를 내지 못했다. 물론 그것은 루카스 후작가의 가신이 다스리는 영지에서만 통용되는 사항이었다.

루카스 후작가의 영향력이 미치는 지역을 통과하는 데에만 무려 한 달 가까운 시간이 걸렸다. 그동안 러셀의 얼굴에 난 수염은 제법 무성해졌다. 수염으로 인해 앳되고 수려한 얼굴이 완전히 가려진 것이다.

"그나저나 걱정이로군. 이곳부터는 주군의 증명서가 더 이상 통용되지 않을 텐데 말이야."

결국 러셀은 다음으로 맞이한 검문소에서 상당히 난감한 상황에 직면해야 했다.

"때마침 잘 방문하셨군요. 지금 영주성에서 사냥 성공을 축하하기 위한 잔치가 벌어지고 있습니다. 반드시 들러주셨으면 합니다."

검문소에 배치된 기사는 러셀의 신분증을 아예 등 뒤로 감춰버렸다. 영지성에 가지 않으면 돌려주지 않겠다는 듯한 태도였다. 러셀은 난감함에 사로잡혔다.

'곤란하군.'

이곳은 중부의 대영주인 록히드 백작가의 영향력이 미치는 영지였다. 록히드 백작의 가신인 샤론 자작이 다스리는 영지인 것이다. 다른 영지로 들어서자마자 난관에 직면해 버렸다.

"힘들지 않은 일이니 잠시 방문하시지요. 영주님께서 환대하실 것입니다. 제가 직접 모시겠습니다."

그렇다고 웃는 낯으로 권하는 검문 기사의 면전에 화를 낼 수도 없는 노릇이다. 결국 리셀은 고개를 끄덕이고야 말았다.

"알겠습니다. 그러나 오래 머물 수는 없습니다."

기사의 얼굴이 환해졌다.

"영주님께서 기뻐하실 것입니다. 성으로 가시지요."

타고 갈 말을 꺼내오는 기사의 얼굴은 희색이 만연했다. 검문소에 배치된 이래로 최고의 거물이 걸린 것이다. 남작이나 자작도 아니고 고위급 귀족인 후작이 직접 서임한 기사이다. 무슨 이유에서인지 몰라도 자유 기사로 풀려난 몸이니 선점하는 쪽이 우선권을 가질 수밖에 없다.

쓸 만한 기사 한 명을 키워내는 데 얼마나 돈이 많이 드는가? 현재 그의 주군인 샤론 자작은 자유 기사를 영입하기 위해 눈에 불을 켜고 있었다.

물론 그럴듯하게 차려입은 사기꾼일 가능성도 있었지만 문제 될 것은 없었다. 그럴 경우 지체 없이 목을 매달아버리면 그만이었다. 기사 사칭죄는 그 자리에서 즉결 처분을 당해도 변명의 여지가 없는 중죄이다. 리셀은 검문 기사의 뒤를 따라 영지성을 향해 말을 달렸다.

제5장
집요한 영입 제의

샤론 자작은 후덕한 살집이 인상적인 비대한 체구를 가지고 있었다. 미리 보고를 받았던지 그가 얼굴 가득 미소를 머금은 채 리셀을 맞이했다.
"어서 오시게. 베텔 왕국까지 가다니 꽤나 먼 여행을 하고 있군."
"초대해주셔서 감사합니다."
리셀은 과하지도 않고 모자라지도 않는 수준으로 적절하게 예를 취했다. 덥수룩하게 얼굴을 덮은 수염 때문인지 그는 리셀이 아스트리아 제국을 떠들썩하게 만든 블레이드 헌터란 사실을 전혀 눈치채지 못했다. 샤론 자작이 손을 뻗어 자리를 권했다.

"앉지. 때마침 사냥을 마치고 자축연을 열고 있다네."

드넓은 연회장에는 삼십여 명의 기사들이 여기저기 앉아 음식을 먹고 술을 마시고 있었다. 자작가의 기사단이라고 하기엔 다소 적은 숫자였다.

리셀은 시키는 대로 샤론 자작의 테이블에 앉았다. 잠시 후 시종들이 음식을 내어왔다. 풍성한 음식이 테이블 가득 차려졌다. 리셀은 지금껏 해왔던 대로 음식을 집어먹기 시작했다. 그러나 그는 샤론 자작과 기사 몇 명이 그 모습을 뚫어지게 쳐다보는 것을 눈치채지 못했다.

'흠. 예법상으로는 흠잡을 것이 없군. 하지만 안심하기엔 아직 일러.'

전령으로부터 보고를 받았을 때 샤론 자작은 뛸 듯이 기뻐했다. 후작으로부터 서임된 자유 기사가 그의 영지를 지나간다는 것은 그야말로 기사를 충원할 수 있는 절호의 기회이기 때문이다.

현재 샤론 자작은 심각할 정도로 기사 부족 현상을 겪고 있었다. 얼마 전 같은 대영주를 모시는 옆 동네 영주와 영토 분쟁이 일어나 그 과정에서 십여 명의 기사가 전사했다. 안 그래도 기사가 부족한 판국인데 엎친 데 덮친 격이었다.

그는 눈에 불을 켜고 기사 전력을 충원하려 하고 있었다. 그러나 기사 한 명 키워내는 것이 그리 쉬운 일인가? 해서 그는 영지를 지나가는 자유 기사를 휘하에 거둬들이기 위해 혈안이 되어 있었다. 그런 상황에서 대어가 그물에 걸린 것이다.

비대한 살집에 가려진 샤론 자작의 조그마한 눈이 쉴 새 없이 움직였다.

'그런데 루카스 후작 각하께서 도대체 왜 이 자를 자유 기사로 풀어주었을까? 신분증상으로는 기사로 서임해 준 뒤 5년 만에 충성 서약을 철회하셨던데 말이야.'

물론 생각해 볼 수 있는 원인은 무궁무진했다. 심각한 과오를 범해 기사의 명예를 더럽혔든가, 아니면 수련을 게을리해서 실력이 퇴보했을 경우를 떠올려 볼 수 있다. 어쨌거나 뭔가 흠집이 있었기에 충성 서약을 철회하고 자유 기사로 풀어주었을 터였다. 그러나 고민은 길지 않았다. 샤론 자작의 얼굴에 결심의 빛이 서렸다.

'후작 각하로부터 직접 서임을 받았다면 일단 실력이 일정 수준은 넘을 테지.'

우선 식사하는 모습을 보니 기사 행세를 하는 사기꾼은 아닌 것 같았다. 행동 하나하나에 절도가 있고 예법에서 벗어나지 않았다. 게다가 지금 샤론 자작에게 중요한 것은 예법이 아니라 검술 실력이었다.

'마커스를 시켜 한번 알아봐야겠군.'

마커스는 샤론 자작의 기사 단장이었다. 목적을 위해 현재 평기사의 제복을 입고 기사들과 어울려 술을 마시고 있었다. 물론 이유는 우연히 영지를 방문한 자유 기사의 실력 검증이었다. 그것을 위해 샤론 자작이 차분히 밑밥을 깔기 시작했다.

"대충 식사했으면 내 기사들과 술이라도 한잔하도록 하게. 후작가의 기사였다면 술 실력이 보통이 아닐 테지?"

샤론 자작이 억지로 내몰자 리셀은 어쩔 수 없이 그의 기사들과 어울릴 수밖에 없었다. 미리 언질을 받은 기사들이 리셀에게 연거푸 술을 권했다.

"한잔하시지요."

"루카스 후작가 기사단의 분위기가 어떤지 매우 궁금합니다."

같은 기사라고 해도 신분이 동일하지 않다. 루카스 후작가 정도의 대영주 직속 기사들과 소규모 자작령에 소속된 기사들은 결코 같은 선상에서 볼 수 없다. 통상적으로 이런 경우 거들먹거릴 법도 한데 리셀은 비교적 깍듯하게 샤론 자작의 기사들을 대했다.

"감사합니다."

두 말도 없이 잔을 받아 마신 뒤 얼굴을 찡그리는 리셀이었다. 뭐, 술을 즐기진 않지만 취할 일이 없기 때문에 리셀은 기사들이 주는 대로 모두 받아마셨다. 기사들의 얼굴에 감탄의 빛이 서렸다.

'햐! 주량이 보통이 아니로군.'
'생각보다 소탈해. 거드름을 피우지도 않고 말이야.'
 분위기가 무르익자 샤론 자작이 수작을 걸어오기 시작했다.
 "역시 루카스 후작가 기사답게 주량이 출중하군. 그렇다면 검술 실력은 어떨까? 내 기사와 한번 어울려보겠나?"
 샤론 자작이 기사들의 얼굴을 하나둘씩 훑어보았다. 대부분의 기사들이 취기로 인해 얼굴이 벌겋게 상기되어 있었다. 그의 시선이 한 기사에게 가서 멎었다. 지금 이 순간을 위해 술을 마시지 않고 대기하던 기사단장 마커스였다.
 "자네 이름이 뭐지?"
 "마커스입니다."
 "흠, 좋아. 마커스 자네가 손님과 대적해 보는 건 어떻겠나."
 "필생의 영광입니다."
 마커스가 두 말도 하지 않고 검을 집어 들고 몸을 일으켰다. 그 모습에 리셀이 적잖게 당황했다. 설마 이런 잔치 분위기에서 검을 잡게 될 줄은 몰랐기 때문이었다.
 "내 기사단 소속의 평기사야. 다치지 않도록 적당히 상대해 주게."
 샤론 자작은 리셀이 대무에 응하는 것을 아예 기정사실화하고 있었다. 리셀이 어쩔 수 없이 몸을 일으켰다. 그런데 리셀은 뭔가가 이상하게 돌아가는 것을 느끼고 있었다.

'이상하군. 다른 기사들의 눈빛이나 반응, 그리고 검을 잡은 모습을 볼 때 결코 평기사로 보이지 않는데 말이야.'

아무리 연극을 한다 하더라도 리셀의 날카로운 눈썰미를 속일 순 없는 법이다. 그러나 리셀은 깊이 생각하지 않았다. 잡념을 접어 넣은 리셀이 흉갑을 벗었다. 그러자 붕대에 감긴 오른쪽 어깨가 드러났다.

"저런! 부상을 입었는가?"

"그렇습니다. 얼마 전 벌어진 영지전에서 심하게 다쳤지요."

"그래도 후작 가문의 기사이니만큼 기본적인 실력은 있겠지? 살살 부탁하네."

"알겠습니다."

어깨를 움직여보던 리셀이 얼굴을 찡그렸다. 아직까지 오른팔로 검을 쓰는 것은 무리인 것 같았기에 리셀은 왼손으로 검을 뽑아들었다. 샤론 자작의 얼굴에 놀라움이 번져갔다.

"왼손도 쓸 수 있는가?"

"어느 정도는 가능합니다."

가볍게 검을 휘둘러 본 리셀이 연회장 중앙으로 걸어갔다. 이미 삼십여 명의 기사들이 둥그렇게 운집해 있는 상황이었다. 연회장 한복판에는 마커스가 검을 쥔 채 눈을 빛내고 있었다.
 '네놈이 사기꾼인지 진짜 기사인지는 한번 검을 섞어보면 드러날 터.'
 그는 리셀의 정체를 심각하게 의심하고 있었다. 기사라고 보기에는 전신의 근육이 너무도 빈약했기 때문이었다. 만약 기사 행세를 하는 사기꾼이라는 사실이 드러나면 그가 친히 목을 베어줄 생각이었다. 그런데 리셀이 자세를 잡자 그는 숨이 턱 막히는 것을 느꼈다.
 '뭐, 뭐야?'
 자세를 잡자 도저히 파고들어 갈 틈이 없었다. 마치 전체가 강철로 된 철벽을 보는 듯한 느낌이었다. 귓전으로 묵직한 음성이 파고들었다.
 "오시오. 선수를 양보하겠소."
 마커스의 이마에서 식은땀이 한 방울 흘러내렸다. 도대체 어디를 공격해 들어가야 할지 엄두가 나지 않았다.
 '뭐 이런 빌어먹을 경우가 다 있지?'
 마커스가 억지로 힘을 내어 검을 찔러 들어갔다. 그러나 리셀은 왼손의 검을 휘둘러 가볍게 공격을 뿌리쳤다. 검에 실린 힘을 교묘하게 틀어버렸기에 마커스는 그만 균형을 잃고 말았다. 비틀거리며 물러나는 마커스의 눈이 커졌다.
 '내, 내 공격을 이리 쉽게 막아내다니……'
 순간 귓전으로 청아한 음성이 파고들었다.

"충고 한마디 하리다. 기본기는 비교적 충실해 보이지만 중심 이동이 자유롭지 않소. 검에 실린 힘을 분산시키려면 실전에 버금가는 수련이 필요하오. 더욱 정진하셔야 할 것 같소."

그 말에 마커스가 입술을 깨물었다. 그가 누구인가? 샤론 자작가의 기사단장이 아니던가? 결코 충고를 받아야 할 신분이 아니었다. 불쾌감을 표현하듯 그가 눈을 희번덕거리며 공격을 가해왔다.

챙 챠챠챙.

그러나 사력을 다한 그의 공격은 모조리 가로막혔다. 리셀은 한가로이 검을 휘저어 모든 공격을 철통같이 차단했다. 상대의 힘을 역이용해서 흘려버렸기에 전혀 힘이 들지 않았다.

반면 십여 합 공격을 퍼부었을 뿐인데 마커스의 이마에는 땀방울이 맺혀 있었다. 한 번 공격하고 난 뒤 중심을 잃지 않기 위해 과도하게 힘을 쓴 결과였다. 부릅뜬 그의 눈은 경악에 물들어 있었다.

'내, 내 상대가 아니야. 실로 상상도 하기 힘들 만큼 높은 경지에 오른 기사임이 분명해.'

전의가 급격히 사그라졌다. 더 이상 싸워봐야 추한 꼴을 보일 뿐이라는 생각에 마커스가 검을 거둬들였다.

"잘 배웠습니다. 여기까지만 하도록 하겠습니다."

"양보에 감사드리오."

검례를 하는 마커스의 뇌리에는 다행이라는 생각이 번져 가고 있었다.

'그래도 평기사로 소개를 해서 천만다행이야. 내가 기사단장이라는 사실이 알려지면 주군의 명예가 손상될 수밖에 없어.'

연회가 끝나자 샤론 자작은 즉각 마커스를 불러들였다. 그는 리셀에게 특별히 좋은 방을 내려준 상태였다.

"실력이 어떻던가?"

마커스가 굳은 표정으로 대답해주었다.

"엄청난 실력입니다. 삼십대 초중반 정도로 보이는데 검술 실력 면에서 저보다 월등히 윗줄이더군요."

그 말에 샤론 자작이 깜짝 놀라 되물었다.

"그게 사실인가?"

"그렇습니다. 저는 지금까지 제 공격을 그토록 손쉽게 막아내는 기사는 처음 보았습니다. 기본기도 기본기지만 싸우는 법을 제대로 알고 있습니다. 아무래도 전장에서 치열한 실전을 경험해 본 기사인 것 같습니다."

일리가 있다는 듯 샤론 자작이 고개를 끄덕였다.

"그럴 테지. 루카스 후작가의 기사라면 아그리아 공작 가문과 셀 수도 없이 싸워왔을 테니 말이야."

"어떻게 하시겠습니까? 주군."

샤론 자작이 생각할 것도 없다는 듯 손을 흔들었다.
"두말할 필요가 있겠나? 수단 방법을 가리지 않고 회유해야지. 그 정도 실력의 기사라면 영지의 전력에 엄청난 보탬이 될 거야."
"그렇지요."
마커스가 씁쓸한 표정으로 고개를 숙였다. 한 번 대무해 본 결과 상대의 실력은 자신보다 월등히 윗줄이었다. 만약 저 자유 기사가 영지의 기사로 받아들여진다면 아마도 자신은 기사단장 자리를 내놓아야 할 터였다. 실력이 떨어지는 기사가 어찌 실력이 뛰어난 기사의 상급자가 될 수 있단 말인가.

다음 날부터 리셀에게 샤론 자작의 노골적인 회유가 진행되었다.
"우리 영지가 어떤가?"
"훌륭하군요. 맛있는 식사와 편한 잠자리를 내려주셔서 감사드립니다."
"혹시 우리 영지에 눌러앉을 생각 없나? 내 최고의 대우를 약속하지."
단도직입적인 영입 제의에 리셀이 깜짝 놀랐다.
"무, 무슨 말씀이신지."
"솔직하게 말하지. 우리 영지는 기사가 매우 부족하다네.

특히 옆에 자리 잡은 빌어먹을 테론 남작과의 분쟁과정에서 열 명의 기사가 목숨을 잃었지. 해서 하는 말인데 굳이 베텔 왕국까지 갈 것 없이 우리 영지에 눌러앉게. 원하는 것은 뭐든지 제공하겠네."

물론 리셀이 그 제의에 응할 수는 없었다.

"분에 넘치는 제의이시지만 그에 따를 수 없습니다. 저는 지금 고향을 찾아가는 길입니다."

"고향에 찾아가서 뭘 하려고? 기사에겐 몸을 의탁하는 곳이 제2의 고향인 법이야. 그러니 딴생각하지 말고 내 제안을 받아들이게."

"베텔 왕국에 가서 반드시 해야 할 일이 있습니다. 그것 때문에 루카스 후작 각하께도 아주 어렵게 부탁드려 허락받은 것입니다."

"허, 말귀를 참 못 알아듣는군."

리셀이 순순히 제의에 따르지 않자 샤론 자작이 버럭 화를 냈다.

"내가 이렇게 간청하는데도 완강히 거절하는 겐가? 간곡히 부탁하는 내 체면을 생각해 주어야 할 것 아닌가?"

리셀로서는 아닌 밤중에 홍두깨와도 같은 반응이었다. 늘어선 기사들도 표정이 곱지 않았다. 보잘것없는 자유 기사 한 명이 주군을 곤란하게 만드니 그럴 수밖에 없었다.

"경고하건대 더 이상 날 화나게 하지 말게. 제안을 거듭 거절하는 것은 내 명예와 직결되는 문제야."

 말을 마친 샤론 자작이 눈짓을 했다. 그러자 기사들이 일제히 검 손잡이에 손을 가져갔다. 그 모습을 본 리셀의 안색이 딱딱하게 경직되었다. 그래도 한 영지의 영주인데 이토록 경우 없게 나올 줄은 몰랐기 때문이었다. 일전을 피할 수 없다고 생각한 리셀이 검을 뽑아들었다.

 촤창.

 싸늘한 눈빛이 샤론 자작에게로 쏘아졌다.

 "저는 샤론 자작님을 모실 수 없습니다. 왜냐하면 베텔 왕국에 가서 새로운 주군을 모셔야 하기 때문입니다."

 예상외로 리셀이 강하게 나오자 샤론 자작이 당황해 했다.

 "다른 주군을 모실 예정인데 왜 나는 섬기지 못한다는 겐가?"

 "왜냐하면 새로 모실 주군이 제 아버지일지도 모르기 때문이지요. 계속 억압하신다면 저로서는 기사로서의 명예를 지킬 수밖에 없습니다."

 그 말을 들은 샤론 자작은 맥이 탁 풀리는 것을 느꼈다. 아버지를 찾아가는 길이라면 더 밀어붙이기도 뭐했다.

 '젠장, 월척이 걸렸나 했는데 말이야.'

 씁쓸하게 웃으며 고개를 흔든 샤론 자작이 기사들에게 손짓을 했다. 그들은 하나같이 눈을 부릅뜬 채 검을 움켜쥐고 있었다. 리셀이 검을 뽑자 기사들 역시 싸울 채비를 갖춘 상태였다.

"자, 자, 무기들 집어넣게. 자네도 검을 수습하도록 하고. 사정이 그렇다면 더 권하지는 않겠네."

그 말에 검을 집어넣긴 했지만 리셀의 표정은 결코 편치 않았다.

그러나 샤론 자작은 리셀을 영입하겠다는 뜻을 포기하지 않았다. 영지를 떠나는 대가로 일주일간 머물 것을 약속받은 그는 수단 방법을 가리지 않고 리셀을 괴롭혔다.

침실에 시녀를 들여보내는 것은 예사였고 휘하 기사들을 시켜 끼니마다 술을 마구 퍼 먹였다. 정황을 보니 술에 만취시킨 상태에서 충성 서약을 받아내려는 수작 같았다. 그러나 마나의 조력을 받는 리셀에게는 통하지 않는 방법이다.

매번 기사들만 나가떨어지고 리셀은 멀쩡하자 결국 샤론 자작은 마지막 수단까지 동원했다. 연금술사가 제조한 약을 리셀에게 투여한 것이다. 그러나 리셀은 한 모금 마시자마자 이상함을 눈치챘다.

"퉤. 정말 지긋지긋하군."

리셀이 못 말리겠다는 표정으로 물병의 물을 창밖으로 뿌려버렸다. 마시자마자 전신의 마나가 활성화되는 것을 보아 분명 몸에 좋지 않은 뭔가를 첨가한 것 같았다. 물론 체내에 들어온 그 순간, 바로 무력화되었기에 무슨 증상을 불러일으키는 약인 줄은 모르지만 말이다.

"내일이다. 내일이면 이곳을 떠날 수 있어."

돌연 주군의 얼굴이 눈앞에 아른거렸다. 샤론 자작의 경우 없는 수작에 며칠 동안 당하다 보니 엘빈이 얼마나 좋은 주군이었는지를 알 수 있었다. 샤론 자작을 섬긴다면 심신이 꽤나 피곤해질 터였다.

'이런 주군을 모셔야 하는 기사들도 상당히 고역이겠군.'

리셀이 씁쓸히 웃으며 잠을 청했다.

다음 날 리셀이 멀쩡한 모습으로 나오자 샤론 자작의 눈이 휘둥그레졌다.

'어쩐 일이지? 분명 물병에 약을 탔는데 말이야.'

그 약은 정신을 혼미하게 해서 사리분별을 하지 못하게 하는 효능이 있다. 널리 이름이 알려진 연금술사의 약이었기에 효능은 확실하다. 리셀이 약에 취해 해롱거릴 때를 이용해 충성 서약을 받아내려는 것이 샤론 자작의 꿍꿍이였다.

"이만 가봐야 할 것 같습니다. 일주일간의 환대, 감사했습니다."

내킬 리가 없었지만 리셀은 겉으로 전혀 티를 내지 않았다. 혹시라도 꼬투리를 잡힌다면 또다시 영지에 붙잡혀 있어야 할지도 몰랐다. 모든 수단이 통하지 않자 샤론 자작도 결국 포기할 수밖에 없었다. 그가 아쉬운 표정으로 압수해 두었던 리셀의 신분증을 내밀었다.

"알겠네. 가야 할 사람이니 더 이상 발길을 붙잡기도 뭐하군."

"돌아오는 길에 시간을 내어 방문하도록 하겠습니다."

예를 취한 리셀이 꽁지가 빠질세라 영주성을 빠져나왔다. 샤론 자작이 안타까운 표정으로 떠나는 리셀의 등을 쳐다보았다.

'정말 아깝군. 충성 서약만 받아냈으면 모든 것이 해결되는데 말이야.'

관도로 나온 리셀의 얼굴에는 지긋지긋했다는 표정이 떠올라 있었다.

"정말 힘들었어. 그나저나 걱정이로군. 베텔 왕국까지 가는 동안 이런 일을 도대체 몇 번이나 겪어야 할지 말이야."

그러나 리셀은 뜻하지 않게 구원을 받을 수 있게 되었다. 오래지 않아 우연히 지나가는 상단과 맞닥뜨린 것이다.

아스트리아 제국의 관도에는 꽤나 많은 사람들이 오고 간다. 대부분은 짐마차에 짐을 바리바리 실은 상인들이었다. 아스트리아 제국에서는 농노나 평민들에게 여행의 자유가 허락되지 않는다. 영주의 허락을 받아야만 영지 밖으로 나가는 것이 허용되니만큼 여행 중 마주치는 자들은 대부분 상인들이었다. 자유롭게 제국을 돌아다닐 수 있는 사람은 엄연히 한정되어 있다.

리셀은 샤론 자작의 영지를 떠나온 뒤 한 번 더 고역을 겪어야 했다. 샤론 자작령의 바로 옆에 인접한 테론 남작령, 그곳의 검문소에서 재차 붙들렸던 것이다.

"구태여 고향으로 갈 것 없이 이곳에 눌러앉게. 내 최고의 대우를 약속하지."

리셀은 테론 남작의 집요한 영입 제의를 뿌리치고 떠나는 데 또다시 일주일을 허비해야 했다. 후작에게 서임받은 자유 기사라면 영주들에게 그야말로 최고의 먹잇감이었다. 천신만고 끝에 빠져나온 리셀이 질린 표정으로 고개를 절레절레 흔들었다.

"이러다간 어느 세월에 갈 수 있을지 모르겠군. 정말 지긋지긋해."

그렇다고 해서 검문소를 우회할 방법도 없었다. 철두철미한 아스트리아 제국의 치안력이 도리어 리셀의 발목을 붙잡고 있는 것이다.

고개를 넘자 큼지막한 산자락에 가려진 그늘이 나타났다. 상인들이 주로 이용하는 휴식처였다. 십여 대의 마차가 그곳에서 휴식을 취하고 있었다. 깃발을 보니 제법 규모가 큰 상단 소속의 상인들 같았다. 리셀이 망설임 없이 그곳으로 말을 몰았다.

"조금 쉬었다 가야겠군."

상인들의 휴식처답게 우물이 있었기에 리셀이 다가가서 마른 목을 축였다.

벌컥벌컥.

말에게도 충분히 물을 먹인 리셀이 꾸러미에서 말린 고기를 꺼내 씹기 시작했다. 불을 피우기가 뭐했기 때문에 간단히 배나 채우려는 것이다. 그렇게 식사를 하고 있는데 누군가가 다가왔다.

"저기……."

고개를 돌리자 늙수그레한 상인이 리셀을 쳐다보다 꾸벅 절을 했다. 그의 손에는 구수한 냄새를 풍기는 수프 그릇이 들려 있었다.

"무슨 일이오?"

"괜찮으시다면 수프를 한 그릇 대접하고 싶습니다. 넉넉히 끓였기에 부담 갖지 않으셔도 됩니다. 아마 마른고기보단 나을 겁니다."

리셀의 입가에 미소가 번져갔다.

"고맙소."

반색을 한 리셀이 수프 그릇을 받아 들었다. 한 숟가락 떠

먹자 구수한 향취가 입안으로 번져갔다. 고기와 야채로 끓인 수프였는데 먼지로 깔깔했던 목구멍이 말끔히 씻겨 내려가는 느낌이었다.

'흠, 내가 끓인 것보다는 못하지만 나름대로 잘 끓였군.'

그런데 상인은 돌아가지 않고 리셀이 수프 그릇을 비우기까지 기다렸다.

"여행 중이십니까?"

"그렇소."

"혹시 목적지가 어디인지 여쭤봐도 되겠습니까?"

살짝 눈매를 좁혔지만 리셀은 순순히 대답해 주었다.

"아스트리아 제국 동북부의 베텔 왕국이 여정의 종착지이오."

순간 상인의 얼굴이 환히 밝아졌다.

"정말 공교롭군요. 저희 역시 베텔 왕국까지 여행하고 있습니다. 베텔 왕국 초입의 교역 도시 라프란까지 물품을 운송하는 길이지요."

중년 상인 프란츠의 얼굴은 기대로 벌겋게 상기되어 있었다. 말만 잘하면 실력 있는 기사 하나를 상단의 호위로 영입할 수 있으니 가슴이 두근거리지 않을 수 없다. 상행을 떠난 상단에게 호위가 없을 수는 없는 법.

프란츠는 현재 십여 명의 용병을 고용한 상태였다. 하지만 상단의 호위는 많으면 많을수록 좋다. 으슥한 관도에는 상인들의 물품을 노리는 도적단이나 산적 떼가 득시글거리기 마련이다.

사실 용병은 완전히 믿을 수만은 없는 존재였다. 물론 정당하게 대가를 받고 싸워주는 양심적인 용병들도 많았지만 도적단과 한패가 되어 상인들을 등쳐먹는 질 나쁜 용병들도 있었다. 당장 으슥한 곳에서 호위하던 용병이 갑자기 도적으로 돌변해 덮치면 어쩔 것인가?

때문에 일부 돈 많은 상인들은 인근 영주에게 뇌물을 바치고 기사들을 빌려 호위로 삼곤 했다. 우선 기사들은 용병보다 검술 실력도 월등히 뛰어나다. 그리고 배신할 걱정 따윈 하지 않아도 될 정도로 믿음직스럽다.

그러나 그것은 대다수를 차지하는 중소 상단들로서는 꿈도 꾸지 못하는 일이다. 용병을 고용하는 데 드는 비용의 몇 배를 영주에게 바쳐야 겨우 한두 명의 기사를 빌릴 수 있기 때문이다.

해서 지금도 수많은 상인들이 위험을 무릅쓰고 용병을 고용해 아스트리아 제국을 누비고 있었다. 그런 관점에서 여행 중인 자유 기사를 만난 것은 프란츠에게 대단한 행운이었다. 목적지가 같다니 더 이상 바랄 나위가 없다.

"실례지만 한 가지 간청을 들어주시겠습니까?"

"말해보시오."

"베텔 왕국으로 가시는 길이시면 저희와 동행해 주시면

안 되겠습니까? 베텔 왕국 초입의 교역 도시 라프란까지 말입니다. 물론 보수는 충분히 드리겠습니다."

리셀은 고민했다. 상단과 함께 움직이는 것이 과연 여정에 도움이 될지 해가 될지 몰랐기 때문이었다. 그 모습을 보자 프란츠의 표정이 살짝 굳어졌다.

'보수 때문에 망설이나보군.'

그가 생각할 것도 없다는 듯 제시할 수 있는 최고액을 배팅했다.

"라프란까지 동행해 주신다면 40골드를 드리겠습니다. 그리고 여정 동안 숙식에 불편함이 없도록 세심하게 보살펴 드리겠습니다."

상단을 힐끔 쳐다본 리셀이 묵묵히 고개를 끄덕였다. 혼자 여행하는 것보다 상단과 함께 움직이는 것이 나아 보였기 때문이었다. 이때까지만 해도 리셀은 상단과의 동행이 무슨 결과를 초래할지 전혀 알지 못했다.

"알겠소. 그렇게 하리다. 그러나 40골드는……."

그 순간 프란츠가 침을 꿀꺽 삼켰다. 상단의 재정상 40골드 이상은 도저히 지출할 수 없었다.

"받지 않겠소. 그저 여정 내내 숙식만 해결해 주시면 되오. 대신 상단이 위기에 처했을 때에는 나서서 싸워주겠소."

프란츠의 안색이 환히 밝아졌다. 이것은 그에게 더할 나위 없는 행운이었다. 무보수로 기사 한 명을 호위로 삼을 수 있게 된 것이다.

"저, 정말 감사드립니다. 라프란까지 성심껏 모시겠습니다."

이렇게 해서 리셀은 프란츠의 상단과 함께 베텔 왕국까지 동행하게 되었다.

상단과 동행하자 여정이 월등히 편안해졌다. 타고 온 말을 마차 뒤에 묶고 프란츠와 함께 마차에 타고 가게 되었으니 당연히 편할 수밖에 없었다. 짐마차라서 승차감은 별로였지만 말을 타고 가는 것과는 비교조차 할 수 없었다. 우선 먼지를 뒤집어쓰지 않는 것만 해도 크나큰 혜택이었다.

'흠, 나쁘진 않군.'

리셀이 마차의 좌석에 등을 묻고 창밖으로 겹쳐지는 정경을 감상했다. 그 모습을 프란츠와 동승한 상인 서너 명이 침을 꿀꺽 삼키며 쳐다보았다.

'과연 진짜 기사일까? 혹시 그럴듯하게 차려입은 가짜가 아닐까?'

이곳에서도 호리호리한 리셀의 체구가 거듭 오해를 불러일으켰다. 그러나 프란츠는 리셀이 기사가 틀림없다고 굳건히 믿고 있었다. 만약 기사를 사칭한 사기꾼이라면 40골드라는 거금을 거절할 리가 없었다.

'정말 운이 좋았어. 덕분에 이번 여정은 마음이 한결 든든해질 것 같군.'

물론 상단이라고 해서 검문에서 자유로울 순 없는 법이다. 영지의 초입에 접어들자 검문소 하나가 관도를 막고 있었다. 마차 대열을 보자 기사와 병사 서너 명이 눈빛을 빛내며 다가왔다.

"정지. 신분증을 제시하라."

혹시라도 꼬투리를 잡을 경우 거금을 뜯어낼 수 있었기에 그들은 그야말로 철두철미하게 검문검색을 했다. 물론 리셀에게도 신분증을 제시하라는 요구를 해왔다.

"흠. 러셀 트로이. 루카스 후작 각하로부터 서임을 받은 자유 기사이시군요."

"그렇소."

신분증을 들여다본 기사들이 눈빛을 빛냈다. 여행 중인 자유 기사, 그것도 후작이라는 고위급 인사로부터 서임받은 기사라면 각지의 영지들이 군침을 흘리는 최고의 사냥감이다.

"괜찮으시다면 잠시 영지성에 들러서 식사라도 하고 가시는 것이 어떠십니까?"

그러나 기사가 말을 채 끝맺기도 전에 프란츠가 나섰다. 리셀에게는 천군만마와도 같은 구원의 손길이었다.

"죄송하지만 러셀 기사님은 저희와 계약을 맺은 상태입

니다. 교역 도시 라프란까지 상단을 호위해 주시기로 하셨지요. 해서 초청에 응하기가 어려울 것 같습니다."

그 말에 기사의 얼굴이 살짝 일그러졌다.

"오래 걸리지 않는데 어떻게 안 되겠습니까?"

리셀이 안타깝다는 듯 고개를 흔들었다.

"애석하지만 그럴 수가 없군요. 기사의 맹세가 어떤 것인지 누구보다도 잘 아시지 않습니까? 제게는 계약에 따라 프란츠 상단의 안전을 책임져야 할 책무가 있습니다."

리셀이 완강히 거절하자 결국 검문 기사도 고집을 꺾을 수밖에 없었다.

"어쩔 수 없군요. 평안한 여행 되십시오."

꼬투리 잡힐 게 없었는지 상단은 무난히 검문소를 통과할 수 있었다. 멀어지는 검문소를 쳐다보는 리셀의 얼굴에는 천만다행이라는 표정이 떠올라 있었다.

'상단과 동행하기로 한 결정은 정말 잘한 일인 것 같군.'

이후의 여정은 매우 순조로웠다. 사실 검문소에 신분증을 빼앗긴 뒤 영주성에 반강제로 가야 하는 일은 리셀에게 상당한 고역이었다. 상단과 동행한 덕분에 그것을 모조리 모면할 수 있었다. 게다가 프란츠와 상인들이 그야말로 성심성의껏 숙식을 제공했기에 리셀은 매우 편안히 여행을 즐길 수 있었다.

그러나 상단이 고용한 십여 명의 용병들은 당연히 심기가 불편할 수밖에 없었다. 자기들은 힘들게 걷거나 말을 타고 이동해야 하지만 도저히 기사로 보이지 않는 애송이가 편안하게 마차를 타고 가니 눈꼴이 시릴 수밖에 없었다.

"젠장. 누구는 편히 마차를 타고 가고 누구는 말을 타고 가야 하나? 똑같이 칼로 밥 빌어먹는 처지인데 말이야."

"손가락 하나 까딱하지 않고 밥과 천막을 대령받더군. 도저히 못 봐주겠어."

용병들이 보기에 리셀은 전혀 기사로 보이지 않았다. 갑옷만 벗으면 상인들과 별반 다를 바도 없는 체구였다. 오히려 용병인 그들의 근육이 더 우락부락했다. 험상궂게 생긴 용병 하나가 사납게 눈을 부라렸다.

"한번 시비를 걸어볼까?"

"아서라. 그러다가 진짜 기사면 어떻게 할라고?"

"꼴을 봐. 저 체구가 기사로 보여? 판금갑옷은커녕 사슬갑옷의 무게조차 지탱하지 못할 것 같다고."

"그래도 참아. 똥이 더러워서 피하지 무서워서 피하나?"

용병들의 수군거림은 상인들에겐 들리지 않았다. 그러나 청각이 예민한 리셀의 귀에는 고스란히 파고들어 왔다.

'어디서나 특별 대우를 받으면 질시가 뒤따르는군.'

쓴웃음을 지은 리셀이 살짝 눈을 감았다. 리셀이 실력을 발휘할 기회가 찾아오는 데에는 그리 오랜 시간이 걸리지 않았다.

리셀이 합류한 지 보름이 지났다. 프란츠 상단의 마차는 산적 떼가 출몰하기로 악명 높은 마벨 산자락을 지나고 있었다.

"여기는 각별히 조심해야 해."

용병들은 바짝 긴장한 채 주위를 살폈다. 그개를 돌아갔을 때 선두에서 이동하던 용병이 경고성을 내질렀다.

"정지! 누군가가 길을 막아두었다."

관도 한복판에는 거친 통나무로 만든 차단막이 설치되어 있었다. 그 모습을 보자 용병들이 노련하게 마차를 배치했다. 마차의 방향을 돌려 임시로 바리케이트를 만든 것이다. 그러나 바리케이트가 채 완성되기도 전에 날카로운 파공성이 들려왔다.

쐐애애액.

차단막 뒤편에 몸을 숨긴 산적들이 화살을 쏘아붙이기 시작한 것이다. 그곳은 곧 아비규환의 아수라장으로 변해버렸다.

팔다리에 화살이 꽂힌 용병들이 신음을 흘리며 급히 마차 뒤로 몸을 숨겼다. 화살에 맞은 말들의 비명 소리와 차체에 화살이 꽂히는 소리가 어지럽게 울려 퍼졌다.

"큰일이로군. 화살이 날아오는 것을 보니 산적들의 수가 만만치 않은 것 같은데."

발을 동동 구르던 프란츠를 쳐다보던 리셀이 배낭을 풀어 헤쳤다. 그곳에서 꺼낸 것은 견갑과 투구였다. 여정 동안 상처가 많이 아물었는지 견갑을 착용해도 통증이 그리 심하지 않았다. 투구를 눌러 쓴 리셀이 검 두 자루를 움켜쥐고 마차 밖으로 나왔다. 그러자 용병들의 시선이 일시에 집중되었다.

"꼴에 기사가 맞긴 하나 보군. 도망가지 않는 것을 보니 말이야."

"기사라고 해도 어쩌겠어? 이렇게 화살이 날아오는데 뾰쪽한 수가 있을 리가 없지."

리셀은 검을 뽑지도 않고 두 손에 나눠 쥔 채 차단막이 있는 곳으로 느긋하게 걸음을 옮겼다.

투구와 갑옷을 입은 기사가 걸어오자 산적들이 눈매를 가늘게 좁혔다.

"벌집을 만들어버려라."

곧 리셀에게로 화살이 집중되었다. 그러나 정확하게 리셀을 향해 날아오는 화살은 극소수였.

산적들이 전문적인 궁술 훈련을 받았을 가능성은 희박하다. 게다가 활 역시 나무로 대충 만들어 조악했으며 화살촉도 금속이 아니라 나무였다. 기세도 기세지만 정확도에서부터 날아오는 속도까지, 모든 면에서 형편없었다. 이미 무수한 전장을 전전하며 활약했던 리셀에겐 한마디로 웃음이 나올 수밖에 없는 상황이었다. 복합궁이나 장궁으로 쏘아붙인 화살비도 뚫고 들어가 본 경험이 있었던 리셀이었다.

"나무 촉이라고 해도 맞으면 다칠 테지?"

리셀이 느릿하게 검을 휘둘러 날아오는 화살을 쳐 내기 시작했다. 화살의 궤적이 비교적 단순하고 속도가 느렸기 때문에 무난히 쳐 낼 수 있었다. 그 모습에 용병들의 눈이 툭 불거졌다.

"뭐, 뭐야? 저게 도대체 가능한 거야?"

"세, 세상에……. 검으로 날아오는 화살을 쳐 내다니 말도 안 돼!"

용병들이 놀라거나 말거나 리셀은 느긋하게 화살을 쳐 냈다. 마나의 순환으로 인해 확장된 감각과 헤아릴 수 없이 검을 휘두른 경험이 그것을 가능하게 했다.

탁 탁 탁 후두둑.

리셀의 주변으로 튕겨난 화살이 어지럽지 널렸다. 단 한 발의 화살도 놓치지 않았다. 그렇게 되자 산적들은 기가 질릴 수밖에 없었다.

"지, 진짜 기사인가 봐?"

"저 많은 화살을 칼로 쳐내다니 믿어지지가 않아."

산적들은 그대로 꽁무니를 빼버렸다. 리셀이 차단막에 도착했을 때에는 단 한 명의 산적들도 남아 있지 않았다. 모조리 겁을 집어먹고 도망가 버린 것이다.

"싱겁군."

쓴웃음을 지은 리셀이 검을 수습하고는 마차로 돌아왔다.

이후로 리셀을 대하는 사람들의 눈빛이 확연하게 달라졌다. 상인들은 더욱 극진하게 리셀을 대했고 용병들은 감히 리셀과 눈을 마주칠 엄두조차 내지 못했다.

빗발치듯 퍼붓는 화살을 하나하나 쳐 내서 산적들을 질려 도망치게 하는 것은 보통 사람은 꿈도 꾸지 못하는 일이다. 해서, 리셀은 매우 편안하게 베텔 왕국으로의 여정을 이어 나갈 수 있었다.

제6장
베텔 왕국의 요지경 정세

아스트리아 제국의 동북부에 위치한 베텔 왕국. 국토가 매우 협소했으며 대부분이 산악지역으로 되어 있어 국력이 보잘것없는 나라였다. 그러나 속국이 된 이후 아스트리아 제국의 보호를 받게 되어 더 이상 외침을 걱정할 이유가 없게 되었다.

베텔 왕국은 국왕의 권력이 비정상적으로 약한 국가였다. 세 명의 고위급 귀족들이 왕실보다 재산도 많고 동원할 수 있는 병력도 많았다. 때문에 베텔 왕국의 국왕인 하벤 2세는 항상 귀족들의 눈치를 살펴야 하는 운 없는 군주였다.

베텔 왕국의 국정이 이런 비정상적인 형태를 띠게 된 것은 50년 전의 사건 때문이었다. 당시는 동부의 야만족 메르키드족이 소요를 일으켜서 왕국 전체가 신경을 곤두세우고 있을 때였다. 공교롭게도 국왕이 그런 상황에서 세상을 떠났다. 확실하게 후계를 정해놓지 않은 상태에서 숨을 거둔 것이다.

원래대로라면 맏아들이 왕좌를 승계해야 한다. 그러나 맏아들이자 왕세자인 트레모어 아인델프는 병력을 이끌고 동부 국경 지대에 나가 있던 상황이었다. 그보다 순위가 떨어지는 후계자들 역시 휘하 기사들과 함께 메르키드족의 소요를 진압하고 있었다.

그때를 틈타 왕위 계승권 서열이 현저히 떨어지는 4왕자 호프만이 중신들을 포섭해서 왕위에 올랐다. 국경에 나가 있던 트레모어 이하 후계자들로서는 기가 막힐 수밖에 없었다.

결국 그들은 왕좌를 되찾기 위해 힘을 모았다. 메르키드족의 소요를 진압하고 난 다음 모든 병력을 동원해 수도로 진군한 것이다. 거기서 이변이 발생하지 않았다면 그들은 순조롭게 수도를 점령해서 호프만의 목을 잘랐을 것이다. 그리고 왕좌는 정당한 후계자인 트레모어 왕세자가 차지했을 터였다.

그러나 신은 호프만 4왕자의 손을 들어주었다. 공교롭게도 그때 아스트리아 제국이 대군을 이끌고 베텔 왕국을 침공한 것이다. 강력한 제국의 침공에 트레모어 왕세자와 호프만 4왕자는 결국 손을 잡을 수밖에 없었다. 강력한 외침 앞에서 내란을 벌일 수는 없는 법이다.

허나 아스트리아 제국의 침공 목적은 원천적으로 점령이 아니라 군림이었다. 협상 끝에 베텔 왕국은 모든 귀족들의 권리를 보전해 주는 조건으로 아스트리아 제국의 속국이 되고 말았다.

> ─저항하지 않고 항복한 공을 기려 베텔 왕국의 국왕과 모든 귀족들의 작위와 영지를 인정해 주겠다. 국왕과 모든 귀족들의 영토는 당대에 한해 아스트리아 제국의 보호를 받게 될 것이다.

제국의 침공 덕분에 호프만 4왕자는 운 좋게 얻은 왕좌를 지킬 수 있게 되었다. 어이없이 왕좌를 빼앗긴 트레모어 왕세자로서는 땅을 치고 통탄할 노릇이었다. 그런데 어쩔 것인가? 그들로서는 감히 초강대국 아스트리아 제국의 칙령을 어길 엄두를 내지 못했다.

결국 그들은 휘하 병력을 이끌고 각자의 영지로 돌아가야 했다. 그리고 그들에게 신임 국왕의 작위 임명증이 전달되었다.

"트레모어 가문에 공작의 작위를 하사하는 바이오. 그리고 일체의 세금을 내지 않아도 되는 면책권과 자체적으로 병력을 키울 수 있는 자위권을 허락하오."

트레모어 왕세자는 눈물을 머금고 공작의 작위를 수여받을 수밖에 없었다. 다른 후계자들도 예외 없이 작위를 받아들여야 했다. 아스트리아 제국이 호프만의 왕좌를 든든하게 지켜주는데 그들이 어떻게 할 것인가?

대신 그들은 자체적으로 병력을 육성할 수 있는 권리와 세금 면책권을 받아냈다. 그리고 호시탐탐 왕좌를 되찾을 순간만을 노리며 힘을 키워나갔다. 그것이 바로 현 베텔 왕국의 비정상적인 정치 행태가 탄생한 이유였다.

결국 호프만은 고위 귀족들의 눈치만 보다 세상을 떠났고 그의 맏아들인 델라웨어가 아버지의 뒤를 이어 베텔 왕국의 왕좌에 올랐다. 그가 바로 현 국왕인 하벤 2세였다. 그런 만큼 베텔 왕국 정치 구도는 심히 복잡해질 수밖에 없었다.

현 베텔 왕국 최고의 귀족 가문은 누가 뭐라고 해도 트레모어 공작가였다. 초대 트레모어 공작이 노환으로 세상을 하직한 이후 그의 손자가 트레모어 공작가를 맡아 다스리고 있었다.

"반드시 왕좌를 되찾고야 말 것이다. 내 대에서 말이다."

굳은 표정으로 주먹을 불끈 움켜쥐는 이는 어이없이 왕좌를 빼앗긴 트레모어 왕세자의 손자이자 현 트레모어 공작가의 가주였다.

헌팅턴 트레모어.

둘째 아들로 태어났지만 잘 돌아가는 머리와 처세술을 바탕으로 형을 밀어내고 트레모어 공작가의 가주로 올라선 풍운아였다. 그는 지금 가문의 기밀 서류를 들여다보고 있었다.

"주사위는 던져졌다. 이제는 할아버지가 억울하게 빼앗긴 왕좌를 당당하게 실력으로 되찾아올 때다."

트레모어 공작가의 역대 가주들은 왕좌 탈환을 기치로 삼고 칼날을 갈아왔다. 기사와 정예병을 키워내고 영토를 잘 다스려 어떻게든 베텔 왕국의 주인이 되고자 노력해 온 것이다. 그리고 그 결실을 현 트레모어 공작이 누리고 있었다.

"기사의 수와 질, 그리고 병력 규모 면에서 이미 왕실을 월등히 넘어섰다. 기회만 잡는다면 충분히 왕좌를 되찾아올 수 있다."

그러나 문제는 다른 귀족 가문의 견제였다. 현재 베텔 왕국에는 트레모어 공작가 말고도 두 명의 후작가가 있었다. 트레모어 공작가와 함께 후작으로 서임된 후계자들의 가문이다.

사실 하나하나를 따져보면 그들은 결코 트레모어 공작가의 적수가 되지 못한다. 그러나 그들은 전력이 밀리자 서로 손을 잡았다. 정략결혼을 통해 동맹 관계를 맺은 것이다.

두 후작가가 뭉치자 그 전력은 트레모어 공작가도 쉽사리 손을 쓰기 힘들 정도로 강력해졌다.

현재 베텔 왕국은 국왕을 지지하는 왕실파와 후작파 그리고 트레모어 공작파, 이 세 파벌로 나뉘어 치열한 권력 투쟁을 벌이고 있었다. 세 세력이 절묘하게 균형을 맞추고 있었기 때문에 어느 누구도 섣불리 움직일 수 없었다.

가장 강력한 세력을 구축했음에도 불구하고 트레모어 공작가는 섣불리 행동에 나서지 못했다. 세력이 떨어지는 왕실파와 두 후작이 서로 힘을 합쳐 견제했기 때문이었다. 오랫동안 칼날을 갈아온 트레모어 공작가의 전력도 그들 모두를 감당할 만큼 강하지는 않았다.

그런 상황에서 트레모어 공작가에 누구도 예상하지 못한 경사가 터졌다. 트레모어 공작의 입가에 회심의 미소가 맺혔다.

"하지만 지금은 아니지. 설마 우리에게 막강한 히든카드가 생겼을 것이라곤 아무도 짐작하지 못했을 것이다."

트레모어 공작가는 대립 관계를 한 번에 해소시킬 수 있는 막강한 전력을 휘하에 거둬들였다. 그 과정을 떠올려보던 트레모어 공작의 입가에 미소가 번져갔다.

"로이드. 그를 양자로 받아들일 수 있었던 것은 바로 신이 우리 트레모어 공작가를 편들어 주고 있다는 증거야."

트레모어 공작이 조용히 일의 시초를 떠올려 보았다.

트레모어 공작가가 관할하는 영지에서 우연히 작은 소란이 일어났다. 영지의 검문소에 근무하던 병사들이 신분증 없이 지나가는 방랑 기사 하나를 붙잡은 것이다. 신분증이 없다면 탈주한 농노나 범죄자로 간주하는 것이 관례였기 때문에 병사들은 지체 없이 방랑 기사를 체포하려 했다. 그러나 방랑 기사는 순순히 체포되지 않고 저항했다.

파파파팟.

방랑 기사가 뽑아든 검에서 솟구치는 빛나는 검을 본 순간 병사들은 얼이 빠져버렸다.

"말로만 들어본 빛나는 검이야."

"브, 블레이드 오너란 말인가?"

놀랄 수밖에 없는 것이 베텔 왕국에는 지금까지 단 한 명의 블레이드 오너도 존재하지 않았다. 그야말로 먼 세상의 일인 것이다. 결국 전령을 통해 보고가 올라갔고 트레모어 공작은 직접 기사들을 통솔해서 검문소로 향했다. 그리고 의문의 블레이드 오너를 직접 대면할 기회를 잡을 수 있었다.

"이름이 어떻게 되는가?"

"로이드 스펠만입니다. 몰락한 스펠만 백작가의 서자로, 산속에서 홀로 검을 수련했습니다."

스펠만 백작가라면 메르키드족의 소요에 휘말려 멸망한 변방 귀족이다. 당시 저택에 들이닥친 메르키드족 전사들에

의해 남녀노소가 깡그리 학살당해 대가 끊어진 것으로 알려져 있었다. 트레모어 공작이 당혹한 표정으로 로이드를 쳐다보았다.

"그런데 그대가 어떻게 블레이드 오너가 될 수 있었는가?"

현실적으로 귀족 가문의 서자가 블레이드 오너가 될 수 있는 가능성은 아예 없다고 볼 수 있다. 체계적인 훈련을 받아야만 가능한 일이었다. 로이드가 즉각 이유를 말해 주었다.

"저는 마스터의 세심한 지도하에 빛나는 검을 얻을 수 있었습니다."

"마스터?"

"제 마스터는 렌테리아 마탑에서 수련하다 마나 역류를 당해 반신불수가 되신 분입니다. 그분은 자신이 못다 이룬 꿈을 대신 이루고자 온몸을 다 바쳐 저를 지도하셨습니다."

"놀랍군. 그렇다면 아직까지 서임받지 않은 몸인가?"

"그렇습니다. 아직까지 견습기사 신분이라 볼 수 있지요."

트레모어 공작은 침을 꿀꺽 삼켰다. 지금까지 베텔 왕국에 등장하지 않은 블레이드 오너, 인간의 한계를 벗어던진 초인을 휘하에 거둘 절호의 기회였다. 아직 기사 서임을 받지 않았다고 하니 금상첨화라고 볼 수 있었다.

어찌 보면 블레이드 오너 로이드가 자신의 영지에 나타난 것은 트레모어 공작가에 힘을 실어주려는 신의 계시일 수도 있었다. 마음을 정한 트레모어 공작은 즉각 로이드에게 거절하기 힘든 제안을 했다.

"내 양자가 되게."

"무…… 슨 말씀이신지?"

"내 양자가 되어 트레모어 공작가의 일원이 되게. 그렇게 할 경우 모든 것을 아낌없이 제공하겠네. 부디 그대의 빛나는 검을 사용해서 가문의 숙원을 이뤄주게. 공을 세운다면 장차 내 뒤를 이을 후계자가 될 수도 있어. 양자도 엄연히 작위 계승권을 가진 자식이니 말이야."

뜻밖의 제안에 로이드는 얼떨떨해했다. 그럴 것이, 트레모어 공작과 그의 나이 차이는 불과 다섯 살밖에 나지 않는다. 트레모어 공작이 올해 오십이었고 로이드는 마흔다섯이다. 그런데도 양자가 되라는 것이다. 그러나 고민은 길지 않았다.

"알겠습니다. 제의를 받아들이겠습니다."

로이드가 승낙하자 트레모어 공작은 걷잡을 수 없는 희열에 사로잡혔다. 말로만 들어본 초인 블레이드 오너, 그 막강한 전력이 마침내 트레모어 공작가의 휘하에 들어온 것이다. 이후 로이드를 저택으로 데리고 온 트레모어 공작은 모든 것을 아끼지 않고 제공했다.

새로 양자가 된 로이드는 트레모어 공작의 마음에 쏙 들었다. 몰락 귀족 출신이지만 예법에 정통했으며 항상 겸손하고 성실한 태도를 견지했다. 한눈에 보아도 제대로 교육을 받은 티가 역력했다.
　"그렇다면 마스터는 어떻게 되었느냐?"
　"애석하게도 1년 전쯤 세상을 뜨셨습니다. 마스터를 묻고 난 뒤 주군을 찾아 방랑하다 아버님의 영지에 오게 된 것입니다."
　로이드는 몰락 귀족 신분에서 하루아침에 공작가의 양자가 된 케이스였다. 그런데 트레모어 공작의 슬하에는 한 명의 아들과 두 명의 딸이 있었다. 공작가의 적손으로 교육받아온 그들이 갑자기 하늘에서 뚝 떨어진 로이드를 탐탁지 않게 여기는 것은 당연지사였다.
　가문의 기사들 역시 색안경을 끼고 로이드를 쳐다보았다. 트레모어 공작의 맹목적인 애정을 홀로 받고 있으니 질투가 나지 않으면 그게 오히려 이상하다. 그러나 로이드가 실력을 발휘하자 불협화음은 흔적도 없이 사그라졌다.
　양자로 맞아들인 기념으로 벌인 친선 대결에서 로이드는 무려 열 명의 기사를 차례대로 꺾었다. 트레모어 공작 가문의 기사들은 블레이드 오너의 현란한 몸놀림을 식별조차 하지 못했다. 신형을 놓쳐 두리번거리던 기사의 목에 무지갯빛으로 빛나는 장검이 와서 닿았다.

"제가 이긴 것 같습니다."

싸우던 기사는 기가 찬 표정으로 검을 내려놓을 수밖에 없었다. 이게 실전이었으면 벌써 목이 달아난 시체가 되었을 터였다. 로이드는 블레이드 오너의 현란한 몸놀림과 빛나는 검의 위력에 힘입어 열 명의 기사를 가볍게 꺾었다. 검과 방패가 잘려나가자 빈손이 된 기사가 고개를 숙였다.

"졌습니다."

그렇게 열 명의 기사를 모조리 꺾고 나자 로이드를 쳐다보는 눈빛이 확연히 바뀌었다. 우선 트레모어 공작의 아들과 딸들부터 호의 어린 눈빛을 보내고 있었다

"정말 대단합니다. 움직임이 눈에 보이지도 않아요."

"놀라워요. 사람의 몸으로 어떻게 빛나는 검을 시전할 수 있는 거죠?"

"닿는 것을 모조리 잘라버리는군요."

이제 그들은 확실하게 인지했다. 블레이드 오너 로이드가 트레모어 공작가의 오랜 숙원을 풀어줄 구세주라는 사실을 말이다. 로이드만 있다면 베텔 왕국의 왕좌를 되찾아오는 것은 일도 아니다.

이후 트레모어 공작은 로이드의 정체를 철저히 숨겼다. 로이드는 결정적인 순간 등장해서 어지럽게 엉킨 실타래를 단숨에 풀어줄 최고의 전략 무기였다. 해서 트레모어 공작은 대외적으로 로이드를 핏줄이 이어진 먼 친척을 양자로

들였다고 소개했다.

상념을 접어 넣은 트레모어 공작이 눈빛을 빛냈다.

"이제 때가 되었어. 영토 분쟁을 일으켜 영지전이나 기사대전을 성사시킨다면 베텔 왕국의 왕좌를 되찾을 수 있어."

이미 그는 아스트리아 황실의 고위 귀족에게 거금을 바쳐 물밑 거래를 해 둔 상태였다. 대를 이어서 충성을 바칠 테니 대신 자신이 왕좌를 차지하는 것을 묵인해 달라고 말이다. 워낙 많은 재물을 건넸기에 비교적 긍정적인 답변을 받아냈다. 이제 남은 것은 일을 저지르는 것뿐이다. 그때 노크 소리가 들렸다.

똑똑.

트레모어 공작의 시선이 문쪽으로 향했다.

"들어오라."

문이 열리고 호리호리한 체형의 중년인이 들어왔다. 최고급 옷감으로 만든 옷을 입고 번쩍이는 금은 장식을 주렁주렁 늘어뜨린 가죽갑옷의 사내. 그가 바로 트레모어 공작가 숨기고 있는 최대의 비밀 병기인 블레이드 오너 로이드였다. 그가 트레모어 공작에게 공손히 머리를 숙였다.

"부르셨습니까? 아버님."

"어서 오너라."

로이드를 쳐다보는 트레모어 공작의 눈에는 따사로움이 가득했다. 오랜 가문의 숙원을 이뤄줄 인재이니 그럴 수밖에 없었다.

"머지않아 영토 분쟁을 벌일 것이다. 세아트 평원을 걸고 말이다."

트레모어 공작가와 왕실 직영지 사이에는 베텔 왕국에서도 소문이 자자한 곡창 지대, 세아트 평원이 있다. 그리 넓지는 않았지만 수량이 풍부해서 많은 작물을 거둘 수 있다.

그런데 이 세아트 평원은 3분의 1가량이 왕실 직영지이고 3분의 2가 트레모어 공작가 소유였다. 문제는 세아트 평원을 가로질러 라뉴브 강이 흐르고 있다는 점이다. 트레모어 공작가의 영토는 라뉴브 강의 하류 측에 위치해 있다.

라뉴브 강은 매우 강폭이 좁고 구불구불한 생김새를 가지고 있다. 날이 조금만 가물어도 수량이 현저히 줄어들어 버린다. 때문에 상류 측의 왕실 직영지에서는 강에 보와 둑을 건설해서 조금이라도 수량을 많이 확보하려 했다.

그런데 트레모어 공작가에서 그것을 가만히 보아 넘길 리가 없었다. 상류에 둑이나 보가 건설된다면 당장 하류로 내려오는 수량이 현저히 줄어버리는 것이다.

해서 트레모어 공작가에서는 다수의 기사와 병사를 파견해서 상류 측에 둑을 쌓지 못하도록 감시하고 있었다. 물론 왕실에서도 거기에 격하게 반발하고 있는 실정이었다.

"우리 땅에 둑을 쌓겠다는데 왜 안 된다는 말이오?"

"우리로서는 목숨을 걸고서라도 농사지을 물을 확보해야

하오. 둑을 쌓는 것을 좌시할 수 없소."

 베텔 왕국은 항상 식량이 부족한 국가였다. 곡물 보유량이 곧 힘이니만큼 왕실에서는 필사적으로 트레모어 공작가의 눈을 피해 둑을 쌓으려 했다.

 결국 그들은 라뉴브 강의 상류에 조그마한 둑을 몰래 쌓는 데 성공했다. 다수의 병력을 동원하여 접경지를 철통같이 틀어막고 공사를 벌였기에 트레모어 공작가의 병력들은 둑이 완성되는 것을 두 눈 뜨고 지켜보아야만 했다.

 트레모어 공작은 바로 그 둑을 허물려고 작정하고 있었다. 그러려면 접경지에 배치된 방어 병력을 선제공격해서 격파해야 하지만 그는 걱정하지 않았다. 그것을 빌미로 영지전이나 기사대전이 벌어진다고 해도 두려워할 것은 아무것도 없었다.

 "어쩌면 세아트 평원 전체를 우리 트레모어 공작가가 집어삼킬 수도 있어."

 트레모어 공작은 승리를 확신하고 있었다. 인간의 한계를 벗어던진 블레이드 오너가 트레모어 공작가에 있는데 어찌 질 수 있단 말인가?

 "다음 달 초에 병력을 동원해서 둑을 무너뜨릴 것이다. 그러니 단단히 준비하고 있도록 해라."

 로이드가 공손히 머리를 숙였다.

 "알겠습니다. 아버님."

"이길 자신이 있겠지?"

로이드가 씩 웃으며 허리에 찬 검집을 툭툭 두드렸다.

"블레이드 오너를 상대할 수 있는 자는 오직 블레이드 오너뿐입니다. 그 누가 나와도 자신 있으니 걱정하지 마십시오."

"알겠다. 널 믿으마."

흡족한 표정으로 양자 로이드의 어깨를 두드리는 트레모어 공작의 입가에서는 좀처럼 미소가 지워질 줄 몰랐다.

리셀은 루카스 후작가를 떠나온 지 석 달 만에 아스트리아 제국을 벗어날 수 있었다. 그나마 프란츠 상단과 합류했기에 기간이 많이 단축된 것이다.

리셀을 쳐다보는 프란츠의 눈빛은 가늘게 떨리고 있었다. 지난 여정 동안 그들은 도합 세 번이나 산적들의 습격을 받았다. 통나무를 잘라 길목을 막아놓고 그 뒤에 숨어 화살을 날리는 것이 산적들의 습격 패턴이었다. 원래대로였다면 용병들이 방패를 들고 돌진해서 궁수를 처리한 다음 난전을 벌여야 겨우 산적들을 물리칠 수 있다.

전문적으로 전투 훈련을 받은 용병들은 어지간한 수적 열세가 아니면 무난히 산적을 물리칠 수 있다. 그러나 그럴 경우 상인들이 부담해야 하는 비용이 천문학적으로 치솟는다. 우선 전사한 용병의 사망 보상금을 지불해야 하며 소모

된 용병을 현지에서 보충해야 한다. 통상적으로 급하게 용병을 고용하는 비용은 매우 비싸기 마련이다.

그런데 리셀이 합류하자 그 문제가 말끔히 해결되었다. 산적 떼의 습격이 감지되면 리셀은 갑옷과 투구를 착용하고 마차에서 나왔다. 그런 다음 느긋하게 화살을 쳐내며 다가가면 대부분의 산적들은 잔뜩 겁을 집어먹고 도망쳐버린다. 수십 개의 화살을 하나하나 쳐 내는 실력자에게 어찌 덤빌 엄두를 낼 수 있단 말인가?

해서 프란츠 상단은 세 번의 습격을 받았지만 단 한 명의 사망자도 발생하지 않았다. 화살에 맞은 부상자만 몇 생겼을 뿐이었다. 그런 만큼 프란츠의 입장에서는 리셀이 무척 고마울 수밖에 없었다.

'정말 다행이야. 러셀 기사님이 합류하지 않았다면 이번 상행은 분명히 적자였을 거야. 습격을 세 번이나 받는 것은 실로 드문 일이지.'

라프란에 도착하자마자 프란츠는 주머니를 탈탈 털어 50골드의 사례금을 만들었다. 동행한 상인들이 십시일반으로 보탰기에 금세 50골드를 채울 수 있었다.

"이것은 감사의 뜻으로 드리는 것입니다. 부디 받아주십시오."

그러나 리셀은 손사래를 치며 거절했다.

"받을 수 없소. 여행 기간 동안 편히 먹고 자게 해 준 것으로 충분하오."
 "하지만 조그마한 성의이니 거절하지 말아주십시오."
 "넣어두시오. 곤경에 처한 사람을 도와주는 것은 기사의 본분인 법이오."
 결국 프란츠는 주머니를 다시 넣을 수밖에 없었다. 정말 쉽게 찾아보기 힘들 정도로 기사도에 충실한 기사였다.
 "그럼 러셀 기사님. 부디 가시는 앞길에 신의 가호가 깃들기를 기원하겠습니다. 정말 감사드립니다."
 "고맙소. 기회가 있으면 다시 보도록 합시다."
 리셀은 베텔 왕국의 수도인 브란트 시(市)로 갈 예정이었다. 고마움을 느끼고 있던 프란츠는 라프란에서 브란트로 가는 상단을 수소문해주는 성의까지 보였다. 물론 교역 도시와 베텔 왕국의 수도인 브란트를 오고 가는 상단이 없을 수는 없었다. 프란츠는 직접 상단을 찾아가 릭셀을 소개해 주었다.
 "그게 정말이오?"
 "제 눈으로 똑똑히 봤습니다. 일단 러셀 기사님이 동행하시면 산적 떼의 습격에 전혀 신경 쓸 필요가 없습니다. 그리고······."
 여정 동안 숙식만 해결해 주면 일체의 보수를 받지 않는다는 말에 상단의 책임자는 두 말도 하지 않고 리셀을 합류시켰다. 실력이 뛰어난 기사를 거의 무보수나 다름없이 쓸 수 있는데 망설일 이유란 없었다.

 해서 리셀은 별 어려움 없이 상단과 동행해서 브란트 시에 도착할 수 있었다. 다행히 이번 상행에서는 산적 떼의 습격이 없었다. 상단과 헤어지고 난 뒤 리셀은 수도인 브란트 시로 들어섰다. 성문을 올려다보는 리셀의 얼굴은 감회에 차 있었다.

 "어머니의 손을 잡고 양아버지를 따라 이곳을 나섰는데."

 물끄러미 성문을 올려다보던 리셀이 성문 쪽으로 저벅저벅 걸어갔다.

 브란트로 들어가는 데에는 아무런 문제가 없었다. 아스트리아 제국에서 서임받은 자유 기사라고 신분을 밝히자 수문 병사들은 두 말도 없이 문을 열어주었다.

 "들어가십시오. 좋은 여행되시기 바랍니다."

 그런데 수도로 들어온 리셀은 막막함을 느껴야 했다. 이제부터 트레모어 공작가를 찾아가야 하는데 정작 아는 것이 전혀 없었기 때문이었다.

 리셀이 아는 것이라곤 트레모어 공작가의 헌팅턴 트레모어가 자신의 아버지일지도 모른다는 것뿐이다. 트레모어 공작가가 어디에 위치해 있고 베텔 왕국 내에서의 위상이 어떤지 아무것도 모르고 있었다.

 "이거 뭐, 싸울 줄만 알지 나머지는 영 맹탕이잖아?"

쓴웃음을 지은 리셀이 우선 눈에 보이는 선술집으로 들어갔다. 기사들과의 술자리에서 우연히 들은 내용이 떠올랐기 때문이었다.

"선술집에서 수소문해 보면 정보 길드를 찾을 수 있다고 들었는데 말이야."

정보 길드에 의뢰하면 트레모어 공작가에 대한 사실을 명확히 파악할 수 있을 것이다. 돈이 좀 들겠지만 뭐, 주머니 사정이 그리 궁핍하지 않으니 걱정할 것은 없었다. 리셀은 망설임 없이 선술집 안으로 들어갔다. 그러나 정보 길드를 찾는 것은 결코 만만치 않았다.

"정보 길드를 찾고 있소이다. 소개시켜 줄 수 있소?"

이런 질문을 퍼붓고 다녔지만 막상 돌아오는 대답은 싸늘했다. 질문을 받은 사람들은 하나같이 리셀을 정신병자 취급했다.

"미쳤군. 정보 길드 같은 것이 도대체 어디 있다고 찾고 다니시오."

"이럴 시간이 있으면 가서 술이나 퍼마시도록 하시오."

좀처럼 소득이 없자 리셀이 얼굴을 찡그렸다.

'난감하군. 트레모어 공작가가 어디 있는지도 모르는데 말이야.'

그렇다고 술을 마실 생각은 없었기에 리셀은 간단한 요깃거리를 시켰다. 우선 배를 채우고 나서 고민해 볼 생각이었다. 그런데 막 식사를 마치고 입을 닦는 리셀에게 누군가가 다가왔다.

"정보 길드를 찾고 있다고 들었소."

리셀로서는 귀가 번쩍 뜨이는 한마디였다.

"그렇소. 안내해 준다면 소개료를 드리겠소."

"소개료 따윈 필요 없으니 따라오시오."

날카로운 눈빛의 사내는 리셀을 여관의 3층으로 데리고 갔다. 문을 연 사내가 안쪽을 향해 손짓을 했다.

"이리 들어가 보시오."

어두컴컴한 지하실을 예상했던 리셀에겐 전혀 뜻밖의 장소였다.

'뭐, 함정이라 해도 두려울 것이 있을 리가 없지.'

리셀은 겁도 없이 여관방 안으로 걸어 들어갔다. 이런 곳에 천하의 블레이드 헌터를 곤란하게 할 일이 있을 리가 없었다.

여관방 안에는 누군가가 등을 보이고 앉아 있었다. 리셀이 들어가자 그가 몸을 빙글 돌렸다.

"어서 오시오."

리셀이 눈을 가늘게 뜨고 상대를 면밀히 살폈다. 정보 길드의 간부급으로 보였는데 의외로 젊은 얼굴이었다. 기껏해야 서른 안팎 정도? 갈색 머리에 콧수염을 멋지게 기른 미

남자였다.

"정보 길드를 찾고 있다고 들었소. 트레모어 공작가에 대해 수소문하고 다닌다고 들었는데 사실이오?"

리셀이 살짝 고개를 갸웃거렸다. 정보 길드를 수소문하는 과정에서 트레모어 공작가의 이름이 흘러나온 모양이었다.

"그렇소. 돈은 달라는 대로 드릴 테니 트레모어 공작가에 대해 상세히 알려주시오."

사내가 슬며시 웃으며 고개를 흔들었다.

"미안하지만 우리 조직은 돈을 받고 정보를 알려주지 않소."

그 말에 리셀의 눈이 커졌다. 그럼 무엇을 받고 정보를 알려준단 말인가? 사내의 대답은 간단했다.

"간단하오. 정보 대 정보로 거래하는 것이지. 우선 그대가 먼저 트레모어 공작가에 대해 알고 싶은 것을 말해보시오."

리셀이 알고 싶은 것은 비교적 간단했다. 트레모어 공작가의 본가가 있는 위치와 현재 베텔 왕국에서 트레모어 공작가가 차지하는 위치가 전부였다. 설명을 들은 사내가 눈매를 좁혔다.

"정말 일반적인 사항이로구려. 참, 그러고 보니 내 소개도 안 했군. 만나서 반갑소. 해밀턴이라고 불러주시오."

"러셀이오."

해밀턴이 리셀의 아래위를 훑어보았다.
"복장을 보니 자유 기사인 것 같은데 신분을 물어봐도 되겠소?"
"굳이 그것까지 밝힐 필요는 없다고 생각하오."
해밀턴이 묵묵히 고개를 끄덕였다.
"좋소. 뭐, 고객의 비밀을 캐어물을 이유는 없지. 어쨌거나 당신이 말한 사항은 지금 이 자리에서 바로 말해줄 수 있소. 단 당신이 무엇 때문에 트레모어 공작가에 대해 알아보려는지 이유를 말해줘야만이 가능하오."
리셀은 조용히 입을 닫았다. 왠지 모르지만 눈앞의 사내에게 자세한 속사정을 말해서는 안 될 것 같았다. 뭔지 모르게 꺼림칙한 느낌을 풍기는 사내였다.
"이유는 알 필요 없소. 말해주기 싫으면 다른 정보 길드를 찾겠소. 내가 줄 수 있는 것은 오로지 돈뿐이오."
"성격이 매우 급하구려. 좋소, 그렇다면 이렇게 합시다. 당신의 신분만 말해주면 알고 싶은 것을 모두 알려주리다."
리셀은 살짝 고민했다. 굳이 비밀을 지켜야 할 정도로 기밀 사항도 아닌데다 어차피 위장 신분이었다. 눈앞의 사내에게 말해주어도 무방할 것 같았기에 리셀이 고개를 끄덕였다.
"알겠소. 본인은 아스트리아 제국의 루카스 후작 각하로부터 서임받은 기사 러셀 트로이요. 후작 각하께서 충성 서약을 철회함으로써 자유 기사 신분이 되었소."

"놀랍구려. 그런데 아스트리아 제국 분이 왜 베텔 왕국으로 오신 게요?"

"왜냐하면 내가 이곳에서 태어난 베텔 왕국인이기 때문이오. 이제 되었소?"

해밀턴이 눈매를 좁히며 리셀을 쳐다보았다. 그러나 그가 무슨 생각을 하고 있는지는 아무도 몰랐다. 잠시 후 그가 고개를 끄덕였다.

"좋소. 신분을 말해 주었으니 알고 싶은 것을 알려 드리리다."

해밀턴이 즉각 트레모어 공작가에 대한 것을 알려주었다. 우선 트레모어 공작가의 영주성이 있는 장소와 현재 베텔 왕국에서 트레모어 공작가가 차지하는 위상이 리셀의 귀로 흘러들어갔다. 트레모어 공작가가 베텔 왕국에서 손꼽히는 명문가라는 말에 리셀이 눈매를 살짝 찡그렸다.

'트레모어 공작가가 그 정도라니 놀랍군. 과연 그분께서 나를 아들로 인정해 주실까?'

물론 그것은 직접 방문해 보면 바로 알 수 있는 일이었다. 용건을 마쳤기에 리셀이 망설임 없이 몸을 돌렸다.

"고맙소. 다음에도 정보가 필요하면 방문하도록 하리다."

가볍게 목례를 한 리셀이 여관방을 나섰다. 그런 리셀의 등을 해밀턴이 물끄러미 쳐다보고 있었다. 그런데 리셀이 나가자마자 벽에서 나지막한 음성이 들려왔다.

"어떻게 할까요? 미행을 붙일까요?"

그 말에 퍼뜩 정신을 차린 해밀턴이 고개를 끄덕였다.

"그렇게 하도록. 저자가 대관절 무슨 이유로 트레모어 공작가를 찾아가는지 반드시 알아내야 한다."

"알겠습니다. 특급 요원을 붙이겠습니다."

"네가 직접 가도록 해라. 아스트리아 제국의 자유 기사라면 검을 제법 쓸 것이다. 검술 실력이 뛰어난 요원이 필요해."

"그렇게 하겠습니다."

명령을 내린 해밀턴이 다시금 소파에 몸을 묻었다.

"흠, 세밀하게 조사해 볼 필요가 있겠어. 뭔가 냄새가 나는걸? 아무래도 내가 직접 가보는 게 나을 것 같은데?"

리셀이 나간 문을 뚫어지게 쳐다보는 해밀턴의 눈빛이 예리하게 빛나고 있었다.

해밀턴의 정보에 의하면 트레모어 공작가의 영주성은 브란트 시에서 사흘거리에 있다고 했다. 리셀은 망설임 없이 브란트 시를 떠났다. 하루라도 빨리 아버지의 얼굴을 보고 싶었기 때문이었다.

"어떤 분인지 궁금해 미치겠군. 어머니가 그토록 사랑하셨다는 사실을 그분이 과연 알고 계실까?"

트레모어 공작령까지 이동하는 길은 비교적 순조로웠다. 아스트리아 제국과는 달리 검문소의 기사들은 리셀의 발길을 붙잡지 않았다. 자유 기사에 대한 인식 자체가 아스트리아 제국과 많이 달랐기 때문이었다.

베텔 왕국은 지극히 협소한 나라이다. 굳이 자유 기사가 되지 않아도 나라 전체를 마음대로 돌아다닐 수 있다. 게다가 베텔 왕국에서는 기사로부터 충성 서약을 철회하는 것을 크나큰 불명예로 간주한다. 큰 죄를 지었거나 기사의 명예를 더럽힌 자들에게 내려지는 형벌이 바로 충성 서약을 철회하는 것이다. 따라서 자유 기사를 보는 눈빛이 그리 곱지 않은 편이었다. 그 덕에 리셀은 편안하게 각지의 검문소를 통과할 수 있었다.

"자유 기사이십니까?"

"그렇소."

"좋은 여행 되십시오. 통과!"

검문소의 기사들이 아무런 관심도 보이지 않고 통과시키자 리셀은 조금 놀랐다. 아스트리아 제국과는 상황 자체가 달라도 너무 달랐기 때문이다.

어쨌거나 이것은 리셀에겐 좋은 일이라고 볼 수 있었다. 영주성에 붙잡혀 집요한 회유 공작을 받는 것은 결코 내키지 않는 일이었다. 해서 리셀은 사흘 만에 트레모어 공작령에 들어설 수 있었다.

"이곳이 아버지가 다스리는 영지인가?"

영지의 정경을 둘러보던 리셀이 곧장 영주성으로 향했다. 그가 걸어가는 방향에 위치한 트레모어 공작성은 상당히 웅장한 자태를 뽐내고 있었다.

다른 베텔 왕국의 영지와 마찬가지로 트레모어 공작령 역시 영지 대부분이 산악 지대로 구성되어 있었다. 따라서 트레모어 공작성은 자연 지형을 이용한 산성 형태로 지어져 있었다.

물론 규모 자체는 루카스 후작가의 영주성에 월등히 못 미쳤다. 소영주인 자작가나 남작가의 영주성과 비슷한 크기였다. 그러나 지형지물을 교묘하게 이용해서 쌓아두었기에 방어에는 꽤나 용이할 것 같았다. 한참 동안 영주성을 쳐다보던 리셀이 성문을 향해 말을 몰았다.

수문장으로 보이는 늙수그레한 병사가 리셀을 맞이했다.
"무슨 일로 오셨습니까?"
"아스트리아 제국에서 온 자유 기사 러셀이오. 트레모어 공작 각하를 잠시 뵐까 하는데 가능하겠습니까?"

그가 마뜩잖은 눈초리로 리셀의 아래위를 쓸어보았다. 트레모어 공작을 주군으로 모시고자 한 달에도 몇 번씩 자유 기사가 성문을 두드리곤 한다. 수문장은 리셀의 목적 역시 그럴 것이라 간주했다.

"시간이 좀 걸릴 텐데 괜찮으십니까? 공작 각하께서 요새 워낙 바쁘셔서 말입니다."

"괜찮습니다. 시간이 나실 때까지 기다리겠습니다."

"알겠습니다. 성 안에 숙소를 마련해 드리지요."

수문장이 손짓을 해서 시종을 불렀다. 시종의 안내를 받는 리셀의 얼굴은 기대감으로 인해 벌겋게 상기되어 있었다.

그러나 리셀은 꼬박 일주일 동안 아무것도 하지 않고 성 안에 머물러야 했다. 트레모어 공작이 그 정도로 바빴기 때문이었다.

이미 라뉴브 강 상류의 둑을 무너뜨리기 위한 군사 작전이 시작된 상황이었다. 상황이 상황인 만큼 트레모어 공작은 좀처럼 시간을 내지 못했다. 게다가 머나먼 타국에서 온 자유 기사 하나를 만나는 일을 그리 중요하게 생각할 리가 없었다.

리셀은 일주일이 지나고 나서야 겨우 트레모어 공작의 응접실로 초대를 받을 수 있게 되었다.

"공작 전하께서 만나보시겠다고 하셨습니다. 저를 따라오십시오."

시종의 안내를 받으며 걸어가는 리셀은 가슴이 걷잡을 수 없을 정도로 두근거리는 것을 느꼈다.

'드디어 아버지를 만나게 되는군.'

좁은 복도를 걸어간 리셀의 앞을 큼지막한 문이 가로막았다. 리셀을 보자 문 앞에 버티고 서 있던 기사들이 문을 열어주었다.

덜컥.

안으로 들어간 리셀의 눈에 실내의 정경이 펼쳐졌다. 서너 명의 기사가 벽에 기대어 서 있었고 트레모어 공작으로 짐작되는 초로의 귀족이 탁자에 앉아 서류를 들여다보고 있었다.

그를 본 순간 리셀의 눈꼬리가 파르르 떨렸다. 트레모어 공작의 생김새가 자신과 너무도 비슷했기 때문이었다. 윤기가 흐르는 은발에 초록빛이 도는 푸른 눈동자, 심지어 턱선이 갸름한 얼굴 형태도 비슷했다.

리셀은 입을 열 엄두를 내지 못하고 난생처음 보는 아버지의 얼굴을 정신없이 들여다보았다. 그러나 트레모어 공작은 그런 리셀의 눈길을 느끼지도 못했다. 서류에 완전히 정신이 팔려 있었기 때문이었다.

"공작 각하. 손님이 오셨습니다."

결국 보다 못한 기사가 한마디 거들고 나서야 그가 서류에서 눈을 뗐다.

"아, 미안하네. 워낙 바빠서 말이지."

그 말에 퍼뜩 정신을 차린 리셀이 공손히 예를 올렸다.

"만나 뵙게 되어 영광입니다. 트레모어 공작 각하."

"우선 앉지. 오래 기다리게 해서 미안하네."

"별말씀을."

리셀은 그가 권하는 대로 소파의 맞은편 자리에 앉았다.

이미 이곳으로 안내받는 과정에서 무기를 건넸기에 빈손이었다.

리셀을 살피는 트레모어 공작의 눈에도 이채가 떠올랐다. 생김새가 자신과 무척이나 비슷했기 때문이었다. 그러나 그는 금세 호기심을 지워버렸다. 지금 그에겐 한가롭게 딴생각을 할 여유가 없었다.

"아스트리아 제국에서 왔다고 들었네. 그래, 이 먼 베텔 왕국까지 어인 일인가? 단순히 여행을 온 것인가?"

"출신이 베텔 왕국이기 때문입니다. 저는 브란트 시에서 태어났습니다."

"놀랍군. 우리 왕국 출신이 아스트리아 제국에서 서임받다니 말이야. 그래, 무슨 일로 나를 보자고 했지?"

리셀이 조심스럽게 주위를 둘러보았다.

"죄송하지만 주위를 좀 물리쳐주시면 안 되겠습니까? 비밀리에 드려야 할 말이 있습니다."

그 말에 트레모어 공작이 눈매를 지그시 도았다. 난생처음 보는 기사 앞에서 호위를 물리치는 것이 기꺼울 리가 없다.

"그 정도로 중요한 일인가?"

"그렇습니다. 공작 각하께 해를 끼치지 않을 것임을 기사의 명예를 걸고 맹세할 수 있습니다."

리셀에게는 현재 무기가 없는 상태였다. 고개를 갸웃거리던 트레모어 공작이 기사들에게 눈짓을 했다. 그러자 기사들이 우르르 방 밖으로 나갔다.

"시간을 오래 줄 순 없네. 그럼 용건을 말해보게."

마침내 트레모어 공작과 둘이서 마주 앉게 된 리셀이 조심스럽게 입을 열었다.

"혹시 마리아란 이름을 알고 계십니까?"

그 말에 트레모어 공작이 곤혹스런 표정을 지었다.

"마리아? 여자 이름인 것 같은데 모르겠군. 누군지 기억이 나지 않아."

그 순간 리셀의 눈가에 잔 떨림이 스쳐 지나갔다. 설마 어머니의 이름조차 기억하지 못할 줄은 몰랐다. 심호흡으로 마음을 가라앉힌 리셀이 다시금 말을 이어나갔다.

"궁정의 붉은 레이스 시녀였습니다. 그래도 모르시겠습니까?"

눈살을 찌푸리며 생각에 잠긴 트레모어 공작이 뭔가 깨달았다는 듯 눈을 크게 떴다.

"그러고 보니 생각이 나는군. 맞아. 이름이 마리아라고 했지. 멍청할 정도로 순진한 아이였었지."

리셀이 살짝 입술을 깨물었다. 이런 반응을 보일 것이라곤 전혀 예상하지 못했다. 기억을 더듬어 보려는 듯 트레모어 공작이 천장을 올려다보았다.

'오랫동안 잊고 있었던 이름이로군. 난데없이 내 아이를

가졌다고 해서 놀랐던 기억이 뚜렷해.'

당시는 헌팅턴이 트레모어 공작가의 가주 자리에 오르기 위해 불철주야 노력하던 시기였다. 거의 매일 궁정에 가서 살다시피 했던 그는 적적함을 달래기 위해 궁정에 소속된 붉은 레이스 시녀를 종종 침실로 불러들이곤 했다. 그중에서 유난히 순종적이던 시녀가 있었다.

부드럽게 대해주면 어쩔 줄 몰라 얼굴을 붉게 붉히던 순진한 시녀였다. 반응이 재미있어 주기적으로 불러 동침했는데 어느 날 그 시녀가 충격적인 사실을 밝혔다.

"공자님의 아이를 가졌어요. 어떻게 하죠?"

헌팅턴은 깜짝 놀랐다. 붉은 레이스 시녀에게 가장 금기시되는 것이 시중드는 귀빈의 아이를 잉태하는 것이다. 그것을 방지하기 위해 붉은 레이스 시녀들은 주기적으로 연금술사가 만든 약을 복용한다. 해서 완전히 마음을 놓고 있었는데 시녀가 당돌한 짓을 저지른 것이다. 약을 복용하지 않고 아이를 가져버린 것이다.

'어떻게 하지?'

헌팅턴은 고민했다. 가주가 되기 위해 노력하는 상황에서 그런 사실이 알려진다면 실로 크나큰 타격을 입게 될 것이다. 고민하다 못해 헌팅턴은 암살자를 고용해서 시녀를 죽여 없애려는 생각까지 했다. 그러나 여인의 심리를 잘 알고 있는 그는 그러지 않고 다른 방법을 선택했다.

"내 아이를 가지다니 정말 기쁜 일이오. 하지만 내가 처한 상황이 무척 공교롭구려. 만약 이 사실이 외부로 퍼져나간다면 난 분명히 가문에서 매장되고 말 것이오."

그 말에 마리아의 안색이 시퍼렇게 질렸다. 마음속 깊이 사모하는 트레모어 공자의 아이를 가진 일이 그리 큰 파장을 불러올 줄은 몰랐기 때문이었다. 마리아는 결국 헌팅턴의 의도대로 움직이고 말았다.

"알겠어요. 어떤 일이 있어도 아이 아버지의 정체를 밝히지 않겠어요."

마리아는 생각보다 심지가 굳고 고집이 센 여인이었다. 아이를 출산한 뒤 궁정 감찰부의 집요한 심문을 받았지만 끝까지 입을 열지 않았다. 결국 그녀가 궁정에서 내쫓겼을 때 헌팅턴은 마침내 마음을 놓을 수 있었다. 더 이상 후환을 걱정하지 않아도 될 상황이 되어버린 것이다.

이후 헌팅턴은 마리아란 이름을 기억에서 깨끗이 지워버렸다. 그러다가 우연히 찾아온 아스트리아 제국의 자유 기사로부터 그 이름을 다시 듣게 된 것이다. 퍼뜩 정신을 차린 트레모어 공작이 리셀의 얼굴을 쳐다보았다.

"마리아란 이름이 이제 기억이 나는군. 이름을 거론하는 것을 보니 잘 알고 있나 본데 그녀는 지금 어떻게 지내는가?"

"세상을 떠나셨습니다."

"저런, 안타깝군."

말은 그렇게 했지만 트레모어 공작의 얼굴에는 전혀 슬픈 표정이 떠오르지 않았다. 도리어 후환이 완전히 없어져서 다행이라고 생각하고 있었다.

"그래. 자넨 그 마리아란 시녀와 무슨 관계인가? 무슨 이유로 그녀의 이름을 거론했지?"

리셀이 떨리는 음성으로 대답했다.

"마리아는 바로 제 어머니입니다."

그 말에 충격을 받은 듯 트레모어 공작의 안색이 경직되었다.

'그러고 보니……'

눈앞의 기사를 처음 보았을 때 트레모어 공작은 상당히 놀랐다. 은발과 초록빛이 감도는 푸른 눈동자가 낯설지 않았기 때문이었다. 그러나 당시에는 머릿속이 복잡했기 때문에 깊이 생각할 여유가 없었다. 귓전으로 떨리는 음성이 파고들었다.

"어머니께서는 제 아버지의 이름이 헌팅턴 트레모어라고 하셨습니다. 그분께서 마지막 남긴 유언이십니다."

트레모어 공작은 아무런 말도 하지 못하고 리셀의 얼굴을 노려보고만 있었다. 설마 마리아가 낳은 자식이 자신을 찾아올 줄은 몰랐던 모양이었다.

"어머니께서는 아버지께 이 말을 전해달라고 하셨습니

다. 마음 깊이 사랑했다고 말입니다."

그때서야 트레모어 공작의 입이 열렸다.

"정말 놀라운 사실이로군."

리셀이 조용히 입을 닫았다. 트레모어 공작은 복잡한 표정으로 리셀의 얼굴을 쳐다보고 있었다.

'정말 난감한 상황이로군. 마리아의 자식이 여기까지 찾아오다니 말이야.'

그 짧은 시간 동안 트레모어 공작은 고민했다. 우선 정황을 보니 눈앞의 기사가 자신의 자식임은 의심할 여지가 없었다. 쉽게 찾아보기 힘든 은발에 초록빛 눈동자, 무엇보다도 그는 마리아가 자신의 아이를 낳은 사실을 똑똑히 알고 있었다. 그러나 섣불리 그 사실을 인정할 수는 없었다. 이미 자식이 궁정에서 시종으로 자라고 있다는 사실을 알면서도 한 번도 찾지 않은 헌팅턴이었다.

―숨겨진 자식이 트레모어 공작을 찾아왔다.

이 사실이 퍼져 나간다면 헌팅턴은 그간 가꿔 온 이미지에 상당히 큰 타격을 입을 것이다. 트레모어 공작가의 가주 자리에 올랐지만 아직까지 평판을 무시할 수는 없었다. 게다가 유난히 질투심이 강한 아내 켈레나가 이 사실을 알면 결코 가만히 있지 않을 터였다.

만약 마리아의 자식이 실력이 검증된 뛰어난 기사라면 생각을 한 번 더 해보겠지만 트레모어 공작이 보는 관점에선 그렇지 않았다. 실력이 뒷받침되지 않거나 큰 죄를 지어서 자유 기사로 풀려난 자라면 별 볼 일 없을 것이 분명했다. 적어도 트레모어 공작은 그렇게 생각하고 있었다.

 '이곳까지 찾아온 것이 가상하긴 하지만 어쩔 수 없지. 부디 울고 불며 매달리지 않았으면 좋겠어.'

 마음을 정한 트레모어 공작이 입을 열었다.

 "금방 나더러 아버지라고 했는가?"

 "그렇습니다."

 "어처구니가 없군. 단순한 정황 증거만으로 트레모어 공작가의 가주를 아버지라 부를 수 있을 것이라 생각했었나?"

 생각지 못했던 반응에 리셀의 눈이 커졌다. 그런 그를 쳐다보는 트레모어 공작의 눈빛은 싸늘하기 그지없었다.

 "마리아라는 여인은 분명히 기억하고 있네. 그리고 그녀와 동침한 것도 사실이야."

 "……."

 "하지만 그녀의 신분은 궁정의 붉은 레이스 시녀야. 솔직히 말해서 고급 창녀에 불과하지. 모르긴 몰라도 그녀와 동침한 사람이 족히 수십 명이 넘을 것이네. 그런 상황에서 심증만으로 고집을 부린다면 통할 것 같나?"

 충격으로 인해 리셀은 손을 부들부들 떨고 있었다. 설마 어머니에 대해 저렇게 말할 줄은 전혀 예상하지 못했다.

"자네 아버지가 누군지는 모르지만 내가 아닌 것은 확실하네. 아무래도 마리아가 착각을 한 것 같아. 그러니 얼토당토않은 소리는 하지도 말게."

"그, 그런……."

트레모어 공작이 차가운 어조로 리셀의 말을 끊었다.

"일확천금을 꿈꾸며 귀족 가문을 찾는 자네 같은 자들이 어디 한둘인 줄 아나? 사람은 자기 분수대로 살아야 하는 법이야. 훤히 보이는 수작이 통하리라고 생각했다면 오산이야."

트레모어 공작이 더 이상 생각할 필요도 없다는 듯 손뼉을 쳤다.

짝짝.

그러자 문이 열리고 기사들이 우르르 방 안으로 쏟아져 들어왔다. 트레모어 공작은 마치 판결이라도 내리듯 냉혹하게 마무리를 지었다.

"혹시라도 쓸데없는 소리를 퍼뜨릴 생각일랑 하지도 말게. 지하 감옥에서 평생 살고 싶지 않다면 말이야."

트레모어 공작이 충격으로 인해 몸을 부들부들 떠는 리셀에게서 미련 없이 시선을 거뒀다.

"내보내라. 그리고 앞으로는 면담 요청이 들어올 때에는 용건을 명확히 알아보도록 해. 괜히 귀한 시간만 허비했군."

 냉랭하게 한마디 내뱉고는 다시 서류를 들여다보는 트레모어 공작이었다. 그러자 기사들이 달려들어 리셀을 붙들었다.
 "경거망동할 생각 하지 마시오."
 기사들에게 질질 끌려나가는 리셀의 동공은 텅 비어 있었다. 천신만고 끝에 찾아온 트레모어 공작은 어머니가 기억하는 그 아버지가 아니었다. 뇌리로 어머니의 마지막 유언이 천둥처럼 울려 퍼졌다.

 —그분께서는 분명히 너를 아들로 인정해 주실 것이다. 내가 본 아버지의 성품으로 볼 때 틀림이 없어.

 리셀의 입가로 흐릿한 미소가 걸렸다.
 '사람을 잘못 보셨군요. 어머니.'

 리셀은 그 길로 영주성에서 내쫓겼다.
 "다시 돌아올 생각일랑 하지 마시오. 가급적 빨리 영지에서 나가는 것이 좋을 것이오."
 사납게 으르렁거린 기사가 더 이상 볼 일이 없다는 듯 몸을 돌렸다. 온몸이 먼지투성이가 된 리셀이 힘겹게 몸을 일으켰다. 그러나 충격으로 인해 다리에 힘이 하나도 들어가지 않았다. 자괴감이 온몸을 뒤덮기 시작했다.

'이 꼴을 겪으려고 이 먼 곳까지 왔던가?'

하늘을 올려다보던 리셀의 눈가로 뜨거운 눈물이 흘러내렸다. 순순히 아들로 인정하지 않을지도 모른다는 생각을 했지만 이토록 매정하게 내쫓아버릴 줄은 몰랐다. 돌연 후회가 밀려들었다.

'만약 내가 블레이드 헌터라는 사실을 밝혔더라도 이렇게 나왔을까?'

아마 그랬다면 상황이 많이 달라졌을 것이다. 아무런 혈연관계가 없더라도 양자로 삼는다며 눈을 시뻘겋게 뜨고 달려들었을 것이 분명했다. 블레이드 헌터는 가문의 운명을 송두리째 바꿀 정도로 강력한 전력이었다. 그러나 리셀은 결코 그렇게 하고 싶지 않았다.

아들로 인정해 줄 경우 리셀은 빛나는 검을 아버지의 가문을 위해 사용할 생각이었다. 그것을 위해 자유 기사 신분으로 풀어달라고 주군에게 그토록 간청하지 않았던가? 하지만 트레모어 공작에게는 애당초 리셀을 아들로 인정해 줄 생각이 전혀 없었다. 힘겹게 다리를 끌며 걸어가는 리셀이 입술을 살짝 깨물었다.

'아들임을 부정하셨으니 저 역시 아버지로 생각하지 않겠습니다. 지금 이 순간부터 당신과 저는 남남입니다.'

온몸이 먼지투성이가 되어 비틀거리며 걸어가는 리셀을

사람들이 힐끔힐끔 쳐다보았다.

시내로 들어간 리셀의 눈에 선술집 간판이 보였다. 순간 그의 눈에서 빛이 일어났다.
'술. 그래, 술을 한번 먹어보자. 술에 만취하면 모든 것을 잊어버릴 수 있을 테니 말이야.'
리셀이 비틀거리며 선술집 안으로 들어갔다.

"놈의 동태는 어떠한가?"
"시내의 선술집에서 하루 종일 술을 퍼마시고 있습니다."
트레모어 공작이 어처구니없다는 표정을 지었다.
"그래? 정말 못난 놈이로군. 술에 의지해 현실에서 도피하려고 하다니 말이야."
"어떻게 할까요? 영지 밖으로 내쫓아버릴까요?"
"아니, 그럴 필요 없어."
어둠 속에 드러난 트레모어 공작의 눈동자는 차가운 빛을 발하고 있었다.
"암살자를 고용해서 처리하라. 혹시라도 술에 취해 사실을 발설할지도 모르니 말이야. 후환은 말끔히 없애버리는 것이 낫지."
"알겠습니다."
아들을 죽이라는 명령을 트레모어 공작은 아무런 거리낌

없이 내리고 있었다.

사람들이 시끌벅적하게 떠드는 선술집에 평범한 차림새의 사내 한 명이 들어섰다. 얼핏 보아도 아무런 특색이 없어 보이는 사내였다. 거리를 걷다 보면 여러 차례 마주칠 법한 차림새였다. 그러나 특색 없는 외모와는 달리 사내는 일급 암살자였다. 지금까지 수십 명의 사람들을 흔적도 없이 저세상으로 보내버린 전력이 있다.
선술집 내부를 둘러보던 암살자의 눈빛이 날카롭게 빛났다.
'저기 있군.'
그가 쳐다보는 방향에는 수염이 덥수룩한 사내가 연거푸 술잔을 기울이고 있었다. 공작성에서 쫓겨난 리셀이었다.
"크으. 수, 술은 역시 이런 맛으로 먹는 것이었군."
리셀의 얼굴은 취기로 불콰하게 달아올라 있었다. 난생처음 술에 만취해 보는 것이다. 술에 취하기 위해 리셀이 들인 노력은 실로 상상을 초월한다. 술기운을 중화시키려는 마나의 움직임을 꽉 억누르고 있어야 겨우 술기운에 지배당할 수 있다.
그런데 리셀의 몸을 감싸고 있어야 할 갑옷이 보이지 않았다. 죄다 벗어서 술과 바꿔 마셔버린 것이다.
마나를 억제한 상태로 술에 탐닉한 리셀은 금세 취해 곯아떨어져버렸다. 완전히 떡이 된 취객의 주머니는 좀도둑들에겐 최고의 먹잇감이다. 잠에서 깨어난 리셀은 돈주머니가 사라진 것을 깨닫고 난감해했다.

"술을 먹을 돈이 없잖아."

그러나 리셀은 곧 방도를 찾았다. 검을 제외한 장비를 선술집에 저당 잡히고 술을 요구한 것이다. 그러나 그것도 이제 한계에 달해 있었다. 리셀이 흐릿한 눈빛으로 허리에 차고 있던 검을 내려다보았다.

"이, 이것을 저당 잡히면 술을 더 마실 수 있겠지?"

그러나 마지막 남은 기사로서의 긍지가 그것을 억누르고 있었다. 기사에게 검이 없다는 것은 말이 되지 않는다. 리셀이 아쉬운 표정으로 잔에 남은 마지막 술을 한 방울까지 들이켰다. 입술을 비집고 아쉬운 음성이 흘러나왔다.

"술이 없군. 더 먹었으면 좋겠는데 말이야."

비틀거리며 몸을 일으키려는데 갑자기 탁자 위에 술잔 하나가 놓여졌다.

탕.

리셀의 눈에서 빛이 일어났다. 술잔에는 술이 찰랑찰랑하게 채워져 있었기 때문이었다. 귓전으로 걸쭉한 음성이 파고들었다.

"괴로운 일이 있는 것 같은데 한잔하게. 내가 사지."

리셀은 대답할 엄두도 내지 못하고 술잔을 향해 손을 뻗었다.

꿀꺽꿀꺽.

목젖이 오르락내리락하면서 술잔의 술을 목구멍으로 부어 넣었다. 그러나 술잔에 담긴 술은 독하디독한 귀리술이다. 술잔을 완전히 비우기엔 리셀은 너무 취해 있었다.

"크으으."

결국 리셀은 술을 마시다 말고 모로 쓰러져버렸다. 무성한 수염 사이로 토사물이 주르르 흘러내렸다. 그 모습에 선술집 주인이 사납게 눈을 부라렸다.

"저 자식이 또 바닥에?"

"내가 데리고 가리다. 이것은 바닥을 치우는 값이오."

리셀에게 술을 권한 사내가 동전 몇 개를 던지자 선술집 주인이 반색하며 받아들었다.

"으차. 더럽게 무겁군."

리셀을 들쳐 업은 사내가 잠자코 2층으로 통하는 계단을 올라갔다.

침대로 내던져진 리셀이 마구 코를 골았다.

드르렁.

그 모습을 보며 암살자가 빙그레 미소를 지었다.

"이번 청부는 그야말로 식은 죽 먹기로군."

상대가 만취한 상태이니만큼 단검 따윌 사용할 필요도 없었다. 베개로 기도를 막아 질식시켜버리면 아무도 암살자에 의한 소행이라고 파악하지 못할 것이다.

"그 방법이 제일 낫겠군."

마음을 정한 암살자가 베개로 리셀의 얼굴을 덮었다. 그러나 리셀은 코와 입이 막히는 것도 인지하지 못할 만큼 취해 있었다. 암살자가 콧노래를 흥얼거리며 베개를 잡은 손에 힘을 주었다. 그때서야 숨이 막혀 버둥거리는 반응이 전해졌다.

"잘 가거라. 저승에 가거든 내가 보냈다고 말하고."

바로 그때, 문이 열렸다.

덜컥.

깜짝 놀란 암살자가 몸을 돌렸다.

"뭐, 뭐야?"

열린 문 사이로 두 명의 사내가 모습을 드러냈다. 급히 물러선 암살자가 단검을 뽑아들었다.

"누, 누구냐?"

"흠. 예상대로 암살자였군. 처리해."

선두에 선 콧수염 사내가 눈짓을 하자 뒤에 있던 사내가 검을 뽑아들고 달려들었다. 한눈에 보아도 단련이 잘 된 탄탄한 체구를 가지고 있었다.

'동행이 있다는 소리는 못 들었는데?'

당황한 암살자가 도주하려 했지만 상대는 용의주도하게

창문을 틀어막고 있었다. 출입문 역시 콧수염 사내에게 빈틈없이 막혀 있었다. 암살자가 어쩔 수 없다는 듯 단검을 번뜩이며 달려들었다. 그러나 검을 든 사내는 일급 암살자도 어찌해볼 수 없는 강자였다. 일검에 단검을 쳐낸 사내가 드러난 암살자의 갈비뼈 사이로 가볍게 검을 찔러 넣었다.

"크으윽."

심장이 파열된 암살자가 비틀비틀 물러나다 힘없이 바닥에 쓰러졌다. 방바닥에 피가 낭자하게 번져갔다. 식어가는 암살자의 시체를 살펴본 사내가 입을 열었다.

"소지품을 보니 전문적인 암살자입니다. 아무래도 이 자의 입을 막기 위해서 보낸 것 같습니다."

"흠. 틀림없이 트레모어 공작가의 소행일 테지."

사내가 손가락을 들어 침대 위에 늘어진 리셀을 가리켰다.

"이 자는 어떻게 할까요?"

"우선 브란트 시로 옮긴다. 심문해 보면 트레모어 공작의 비밀을 알아낼 수 있을지도 몰라."

"알겠습니다."

리셀을 유심히 쳐다보는 콧수염 사내는 놀랍게도 해밀턴이었다. 브란트 시에서 리셀의 신분을 알려주는 조건으로 트레모어 공작가에 대해 말해준 사내. 그가 트레모어 영지까지 리셀을 추적해 온 것이다. 물론 그가 무슨 꿍꿍이로 리셀의 뒤를 따라왔는지는 아무도 알지 못했다.

검을 수습한 사내가 리셀을 안아 들고 밖으로 나갔다. 선술집 뒤에는 리셀을 브란트 시까지 옮길 마차가 대기하고 있었다.

"이봐. 일어나."

난데없이 자신의 몸을 뒤흔드는 거친 손길에 리셀이 눈을 떴다. 부스스한 얼굴로 리셀이 주위를 둘러보았다.

"여, 여긴 어디지?"

아직까지 술에서 깨지 않아 정신이 혼미했다. 두통을 느낀 리셀이 지끈지끈 쑤셔오는 머리를 움켜잡았다. 마치 골이 깨어지는 것 같았다.

"아이고 머리야."

그때 리셀의 면전에 그릇 하나가 내밀어졌다.

"꿀물이다. 마셔라. 속이 좀 편해질 거다."

리셀은 상대가 누구인지 알아볼 엄두조차 내지 못하고 그릇을 받아 들었다.

꿀꺽꿀꺽.

꿀물을 한달음에 마셔버리자 속이 좀 편해졌다. 귓전으로 예의 그 음성이 파고들었다.

"쯔쯔. 이왕 마실 것이면 좋은 술을 먹을 것이지, 하필이면 그 질 나쁜 귀리술을 진탕 퍼마셨나?"

리셀은 그때서야 정신을 차렸다.

"당신은 누구지? 응?"

리셀의 눈빛이 게슴츠레해졌다. 꿀물을 건넨 사내의 얼굴이 기억에 뚜렷이 남아 있었기 때문이었다.

"해밀턴이라고 했었나? 정보 길드의 간부였던……."

"생각보다 기억력이 좋군. 내 이름을 기억하고 있다니 말이야."

"이곳은 어디지?"

"브란트 시다. 네가 술에 취해 곯아떨어진 사이 이리로 데리고 왔다."

"브란트 시?"

돌연 리셀의 표정에 쓸쓸함이 감돌았다. 아직까지 트레모어 공작이 안겨준 충격을 극복하지 못하고 있는 것이다. 돌연 그가 성난 눈빛으로 해밀턴을 쏘아보았다.

"도대체 날 왜 이리로 데리고 왔지? 도대체 무슨 꿍꿍이가 있길래?"

"멍청하기는……. 그대로 트레모어 영지에 내버려두었다면 넌 지금쯤 죽었어. 암살자가 널 죽이려던 것을 내가 나서서 구해준 거야. 모르면 잠자코 있어."

"암살자?"

"정황을 보니 트레모어 공작가에서 보낸 것 같다. 소지품을 검사해 보니 전문적으로 사람을 죽이는 암살자였어. 그

건 그렇고······."

해밀턴이 돌연 리셀을 향해 눈을 부라렸다.

"왜 반말이냐? 나이도 나보다 어려 보이는데 말이야."

"반말은 그쪽에서 먼저 하지 않았나?"

"그, 그랬나?"

떠듬거리던 해밀턴이 리셀을 쏘아보았다.

"어쨌거나 난 네 생명의 은인이다. 그렇게 알도록."

리셀은 대답하지 않고 또다시 머리를 감싸 쥐었다. 술에 취한 사이 암살자가 찾아왔다는 사실에 또다시 마음 한구석이 저려왔다. 그렇다면 트레모어 공작이 자신의 입을 막기 위해 암살자를 보냈단 말인가? 착잡한 감정이 온몸으로 번져갔다.

'정말 철두철미하신 분이군요. 그렇게 저라는 존재가 부끄러우셨습니까?'

바로 그때 귓전으로 나지막한 음성이 파고들었다.

"넌 정확히 일주일 동안 트레모어 공작의 영주성에 머물렀다. 기사들이 마치 개 끌고 나오듯 널 데리고 나와 내팽개치더군. 이후 술독에 빠져 사는 모습을 똑똑히 관찰했다. 그래서 네가 암살당하려던 것을 막을 수 있었던 거야. 그대로 내버려둔다면 계속 암살자의 표적이 될 것이기에 일부러 널 브란트 시로 데리고 왔다."

장황하게 설명한 해밀턴이 리셀을 노려보았다.

"질문이다. 도대체 성 안에서 무슨 일이 벌어진 거지?"

그러나 리셀은 그 질문에 대답하지 않았다.

"평범한 정보 길드의 간부가 아니로군. 도대체 정체가 뭐지? 그리고 무엇 때문에 그토록 트레모어 공작가를 면밀히 감시하는 거지?"

허를 찔린 듯 해밀턴이 이맛살을 지그시 모았다. 정황을 보니 말해주기가 곤란한 모양이었다. 곧 그가 사납게 으르렁거렸다.

"순순히 불지 않으면 부하들에게 끌려나가 고문을 받을 것이다. 그러니 좋은 말로 할 때 대답해."

리셀이 피식 미소를 지으며 눈을 감아버렸다.

"마음대로 해. 고문 따윈 하나도 겁나지 않아."

결연한 리셀의 태도에 해밀턴이 난감한 표정을 지었다. 고개를 돌리자 부하들이 수화로 물어오고 있었다.

『어떻게 할까요?』

부하들 중에는 자타가 공인하는 고문 전문가도 있다. 그에게 넘기면 제아무리 참을성이 뛰어난 기사도 입을 열지 않고는 못 배길 것이다. 그러나 왠지 그렇게 하고 싶지 않은 것이 해밀턴의 솔직한 심정이었다. 마음을 정한 그가 부하들에게 손짓을 했다.

"나가 있어라. 내가 알아서 처리하겠다."

"알겠습니다."

부하들이 나가자 해밀턴이 벽장을 향해 걸어갔다. 문을 열자 고풍스럽게 생긴 병이 모습을 드러냈다.

탕.

탁자를 두드리는 둔탁한 소리에 리셀이 실눈을 떴다. 순간 그의 눈이 커졌다. 해밀턴이 탁자 위에 내려놓은 것은 술병과 술잔이었다.

"한잔하겠나?"

"채찍 대신 당근을 제시하는 건가? 어쨌거나 잘 생각했어."

"간이 배 밖으로 나온 녀석이로군."

쓴웃음을 지은 해밀턴이 술잔 가득 술을 따랐다. 술잔에 가득한 붉은 액체를 보자 리셀이 자신도 모르게 침을 꿀꺽 삼켰다. 단 사흘 사이에 완전히 술꾼이 되어버린 리셀이었다. 자신의 잔에도 술을 따른 해밀턴이 잔 하나를 리셀에게 건넸다.

"우선 한잔하자고……. 뒷일은 제쳐놓고 말이지."

"술 한 잔으로 내 입이 열리리란 기대는 하지 마."

해밀턴을 한번 쏘아본 리셀이 술잔의 술을 단숨에 비워버렸다. 몸속에 알코올 기운이 파고들자 마나홀에서 잠자고 있던 마나가 꿈틀거렸다. 지금까지 리셀은 필사적으로 마나의 순환을 억눌러왔다. 그래야만 술에 만취할 수 있기 때문이었다. 지금도 마찬가지였다.

'될 대로 되라지 뭐. 최악의 상황에 처하더라도 죽기밖에 더하겠어?'

완전히 체념한 리셀의 몸을 또다시 술기운이 잠식하기 시작했다. 사력을 다해 마나의 순환을 막던 리셀이 해밀턴의 얼굴을 힐끔 쳐다보았다.

'이 녀석의 정체가 도대체 뭘까? 무슨 이유로 날 데리고 왔을까?'

그러나 지금은 깊이 생각하고 싶지 않았다. 해밀턴도 말없이 술을 입속으로 털어 넣었다. 그렇게 두 사람은 아무런 말도 하지 않고 연거푸 술잔을 비워나갔다. 빈 술병이 테이블 위에 하나둘씩 쌓이기 시작했다. 해밀턴의 얼굴이 술기운으로 붉게 달아오르기 시작했으며 리셀의 혀도 서서히 꼬부라졌다.

"캬. 술맛 한번 끝내주는군. 이렇게 좋은 술을 준비해 두고 다니는 걸 보니 부자인가 보네?"

"흐흐흐. 선술집에서 파는 귀리술 따위와는 차원이 다른 고급술이지. 부자? 음, 그렇게 볼 수도 있겠군. 딸꾹. 평생 돈 걱정 따윈 할 이유가 없지."

"부럽군. 이렇게 좋은 술을 마음껏 먹을 수 있다니 말이야."

"다른 사람들의 눈 때문에 평소에는 거의 먹지 않아. 그나저나 오늘따라 술맛이 유난히 좋군."

"나도 그래. 지금까지 술이란 게 어떤 것인지 전혀 몰랐지. 누가 그러더군. 인생의 쓴맛을 보고 나야 술맛이 달게 느껴진다는데 경험해 보니 사실이었어. 술이 아주 입에 착착 달라붙는군."

"그걸 이제 느끼다니 완전히 애송이로군. 나는 십대 때부터 술맛이 달게 느껴졌어."

빈 술병이 열 개를 넘어가자 둘은 완전히 고주망태가 되고 말았다.

"그나저나 무엇 때문에 트레모어 공작가를 감시하는 거지? 혹시 원한 관계라도 있나?"

"실로 어마어마한 원한 관계가 있지. 날 낳아주셨지만 아버지라고 부르지 못하는 분을 위해 반드시 해야 하는 일이야."

리셀의 게슴츠레한 눈빛이 해밀턴에게로 향했다. 붉게 달아오른 해밀턴의 얼굴에는 쓸쓸함이 감돌고 있었다.

"이해할 수가 없군. 낳아주셨다면 엄연히 아버지인데 왜 아버지라 부르지 못하는 거야?"

"왜냐하면 사생아는 자식이 아니거든."

순간 리셀은 정신이 번쩍 드는 것을 느꼈다. 그렇다면 해밀턴이라는 녀석은 자신과 같은 처지의 사생아란 말인가? 동병상련의 감정이 밀려오는 것을 느낀 리셀이 조용히 술잔을 기울였다.

"그 심정 충분히 이해해."

그 말에 해밀턴이 벌컥 화를 냈다.

"이해하기는 개뿔? 다른 사람은 결코 이해하지 못해."

"이해한다니까? 왜냐하면 나 역시 사생아이기 때문이지."

그 말에 해밀턴이 깜짝 놀라 리셀을 쳐다보았다.

"너도 사생아란 말이야?"

"맞아. 귀족들의 하룻밤 불장난으로 태어난 사생아이지. 내 어머니는 아무것도 모르고 한 사람을 평생 사랑하다 세상을 떠나셨어. 하지만 아비란 작자는 정작 어머니를 창녀로 간주하더군."

해밀턴은 술이 확 깨는 것을 느꼈다.

"그렇다면 네 아버지가 트레모어 공작이야?"

"그런 것 같아. 임종할 당시 어머니가 밝힌 아버지의 이름은 헌팅턴 트레모어였어."

해밀턴이 침을 꿀꺽 삼켰다. 헌팅턴 트레모어라면 현 트레모어 공작가의 가주이다. 그런데 그에게 숨겨둔 아들이 있는 것이다.

'놀랍군. 이런 사실을 감쪽같이 숨겨오다니 말이야.'

트레모어 공작이 암살자를 파견한 이유를 비로소 이해할 수 있었다. 트레모어 공작으로서는 가급적 부끄러운 치부를 지우고 싶었으리라. 심사가 괴로웠는지 리셀이 연거푸 술을 들이켰다.

"어머니는 마지막 가는 순간까지도 그를 철석같이 믿으셨지. 결코 그럴 사람이 아니라고 거듭 말씀하셨어. 하지만 그분은 애당초 사람을 잘못 보셨어. 아들로 인정받기 위해 찾아간 것 자체가 잘못이었지."

조용히 리셀의 말에 귀를 기울이고 있던 해밀턴의 어깨를 누군가가 건드렸다. 옆방에서 대화에 귀를 기울이고 있던 부하가 조용히 들어와서 말을 건 것이다. 리셀을 슬쩍 훔쳐본 부하가 수화를 했다.

『트레모어 공작의 이미지에 흠집을 낼 수 있는 절호의 기회입니다. 어떻게 하시겠습니까?』

부하의 얼굴과 리셀을 번갈아 쳐다보던 해밀턴이 침을 꿀꺽 삼켰다.

『아직은 아니다. 지금 상황에서는 굳이 사실을 폭로해 봐야 소용없어.』

『그래도 트레모어 공작가에 조금이나마 타격을 입힐 수 있습니다.』

리셀을 다시 한 번 쳐다본 해밀턴이 고개를 흔들었다. 왠지 모르게 눈앞의 애송이를 이용하고 싶지 않았다. 어쩌면 동병상련의 처지이기에 더욱 측은한 감정이 든 것인지도 몰랐다.

『그 문제는 덮어둔다. 당분간 거론하지 말도록.』

불만을 가진 것 같았지만 부하는 조용히 물러났다.
『알겠습니다.』
고개를 돌리자 게슴츠레한 리셀의 눈빛이 쏟아졌다.
"무슨 비밀 대화를 그렇게 나누는 건가? 날 이용해서 뭔가 하려고?"
"애초에는 그럴 계획이었지만 포기했어. 너같이 불쌍한 녀석을 이용해 먹고 싶진 않군."
"불쌍한 녀석?"
"그럼 불쌍하지 않나? 그나마 나는 아들로 인정받긴 했지만 넌 그렇지도 못하잖아? 이봐, 쓸데없는 이야기는 제쳐놓고 술이나 더 먹자고……. 골치 아픈 이야기는 딱 질색이야."
한 병의 술을 더 비우자 이번에는 해밀턴이 신세타령을 하기 시작했다.
"나 역시 하룻밤 불장난으로 태어났어. 대상이 귀족이 아니라 국왕이라 그나마 다행인 거지."
해밀턴이 태어난 것도 리셀과 비슷했다. 현 국왕인 하벤 2세가 술에 만취해 붉은 레이스 시녀와 동침을 했는데 그 과정에서 해밀턴이 잉태된 것이다. 그나마 국왕이 부친이었기에 임신을 했다는 이유로 궁정에서 내쫓기지 않았다. 나름대로 해밀턴의 어머니는 팔자를 고친 것이다.
그러나 해밀턴은 어릴 때부터 눈칫밥을 먹으며 살아야 했다. 서자라고 하더라도 엄연히 국왕의 피를 이은 존재이다. 때문에 해밀턴에게는 낮은 서열이긴 하지만 왕위 계승권이 있었다. 그러나 천한 시녀의 몸에서 태어난 해밀턴이 왕좌에 오를 가능성은 그야말로 희박하다고 봐야 한다. 한마디로 무늬만 왕자였다.

어릴 때부터 이리저리 굴러다니며 성장한 헤밀턴은 성년이 되자 거의 반강제로 왕실 정보부에 배치되었다. 사람들의 눈에 띄지 않게 하려면 정보부에 박아버리는 것이 효과적이었기 때문이다.

해밀턴 역시 정보부에 배치되는 것을 마다하지 않았다. 정보부에서 기거한다면 눈칫밥을 먹을 필요가 없었기 때문이었다.

그날 이후 해밀턴은 왕실에서 운영하는 정보부의 중간 간부로 지금까지 자라왔다. 그런 만큼 가슴 속에 쌓인 것이 많을 수밖에 없었던 상황이었다.

"그나마 넌 다행이지. 그래도 눈칫밥은 안 먹고 살았잖아? 난 궁정에서 살면서 사람들의 눈치를 보는 것이 완전히 습관이 되어버렸어. 이젠 얼굴만 봐도 무슨 생각을 하는지 알 것 같아."

"네 녀석도 그리 평탄하게 살진 않았군."

"왕위 계승권도 머지않아 포기해야 할 것 같아. 그래야 암살자가 내 목숨을 노리는 일이 벌어지지 않을 테니 말이야."

 권커니 잣거니 하면서 둘은 많이 친해졌다. 동병상련의 같은 처지라는 것이 둘 사이를 급격히 가깝게 만들었다. 해밀턴이 게슴츠레한 눈빛으로 리셀을 쳐다보았다.

 "네 녀석을 이용하거나 하지 않을 테니 마음 놓고 이곳에 머물러. 너처럼 불쌍한 녀석을 이용하는 것은 양심에 찔리니 말이야."

 "말만 들어도 고맙군."

 "어차피 사실을 폭로해 봐야 철옹성 같은 트레모어 공작가에 타격을 입히긴 힘들어. 그럴 바에야 차라리 술친구 하나 얻는 게 낫지 않을까?"

 "친구?"

 "까짓것 좋다. 우리 친구 먹자. 내가 많이 양보한다. 왕자를 친구로 맞는 것을 영광으로 알라고."

 "왕자도 왕자 나름이지 않나? 너 같은 찌꺼기 왕자가 무슨?"

 "흐흐흐. 네놈도 남 말할 처지는 아니지 않나? 딸꾹. 그런데 참 신기하군. 국왕인 하벤 2세와 트레모어 공작은 그토록 사이가 나쁜데 그 자식들은 마주 앉아 팔자 좋게 술이나 마시다니 말이야."

 그 말을 들은 리셀이 버럭 화를 냈다.

 "누가 트레모어 공작의 자식이야? 나 역시 그를 아버지로 인정할 생각이 없어."

"흐흐흐. 듣던 중 반가운 소리로군. 그렇다면 널 친구로 삼는 데 아무런 걸림돌이 없겠어. 앞으로 잘 지내자고."

거듭 술을 들이켜던 둘은 누가 먼저라고 할 것도 없이 동시에 쓰러져버렸다. 잠시 후 방 안에 들어온 해밀턴의 부하들이 코를 감싸 쥐고 둘을 침대로 옮겼다.

"어휴. 술 냄새가 완전히 진동을 하는군."

"도대체 얼마나 퍼마신 거야?"

그러나 침대 위의 두 사람은 완전히 인사불성이 되어 늘어져 있었다.

그날 이후 리셀은 해밀턴이 사용하는 정보부 건물에서 머물렀다. 해밀턴은 자신에게 부여된 왕자로서의 권한을 십분 발휘하여 리셀에게 아무도 손을 대지 못하도록 조처했다.

—러셀은 내 친구다. 건드리는 것을 용납하지 않는다.

비록 찌꺼기 왕자라고 해도 엄연히 왕족이니만큼 정보부 요원들은 섣불리 리셀에게 손을 쓸 엄두를 내지 못했다. 그렇게 처리를 한 뒤 둘은 밤만 되면 아예 술을 통째로 가져다놓고 대작을 했다.

"고맙군. 네 덕분에 마음껏 술을 먹을 수 있어서 말이야. 왕자랑 친구 먹는 것도 그리 나쁘진 않군."

"흐흐흐. 네 말대로 언제 쫓겨날지도 모르는 찌꺼기 왕자인데 뭘."

"찌꺼기 왕자라도 쓸 데가 있긴 하군."

"뭐야? 너 이 자식, 말 다 했어?"

두 사람이 질펀하게 술판을 벌이는 사이 베텔 왕국의 상황은 숨 가쁘게 돌아가고 있었다.

제8장
왕실에 대한 트레모어 공작가의 반격

트레모어 공작은 마침내 일을 저질렀다. 블레이드 오너 로이드를 믿고 접경지에 집결시켜둔 병력을 진군시켜버린 것이다. 트레모어 공작령의 병력은 국왕 직속군보다 숫자도 많고 훈련도 잘되어 있다. 그런 트레모어 공작령의 병력이 선제공격을 가하니 국왕 직속군이 어찌 당해낼 수 있겠는가? 접경지에 주둔 중인 국왕 직속군은 예고 없는 기습 공격에 크나큰 피해를 입고 퇴각하고 말았다.

트레모어 공작군은 그 틈을 타서 라뉴브 강의 상류로 진군했다. 그리고 병사들을 시켜 왕실에서 건설해 둔 둑을 허물어버렸다. 복구조차 하지 못하게 완전히 망가뜨려버린 것이다. 임무를 완수하자 트레모어 공작군은 유유히 영지로 철수했다. 그 일로 인해 베텔 왕국 전체가 발칵 뒤집혔다.

―감히 국왕 직속군을 선제공격하고 왕실에서 설치한 재산을 훼손하다니 결단코 용서할 수 없다.

그러나 현실적으로 국왕에게는 트레모어 공작가를 징벌할 능력이 없었다. 재력과 기사단, 병력 규모 등 여러 면에서 못 미치는 것이다. 왕실이 할 수 있는 방법은 오직 격문을 통해 트레모어 공작가를 공개적으로 비난하는 것뿐이었다.

―트레모어 공작가는 당장 왕실에 머리 숙여 사죄하고 전사자에 대한 보상금을 지불하라.

그런 비난에도 트레모어 공작은 눈썹 하나 까딱하지 않았다.

―애초부터 함께 사용해야 할 라뉴브 강을 독차지하기 위해 둑을 건설한 것 자체가 트레모어 공작가의 권리를 침해한 것이다. 우린 우리가 당연히 누려야 할 권리를 지킨 것뿐이다.

갑론을박이 오고 가고 서로 간의 감정이 점점 격하게 고조되었다. 현실적으로 왕실에서는 트레모어 공작가를 징벌할 방법이 없었다. 그러나 그들은 순순히 물러나지 않았다.

"한 대 얻어맞고 가만히 있다면 계속해서 업신여길 것이다."

통상적으로 이런 경우에는 영지전이나 기사대전을 통해 시시비비를 가리기 마련이다. 자존심이 하늘을 찌르는 귀족 가문이 분쟁을 해결하는 데에는 실력 행사 이외의 방법이 없었다. 왕실에서는 바로 그 방법으로 트레모어 공작가와의 갈등을 해소시키려 했다.

사실 왕실과 공작 가문 간에 영지전이 일어나는 경우는 유례가 없는 일이다. 그러나 비정상적으로 왕실의 힘이 약한 베텔 왕국에서 바야흐로 사상 초유의 일이 벌어지려 하고 있었다.

　—트레모어 공작가에 공개적으로 기사대전을 요청한다. 각기 세 명의 기사가 나와 2승을 거둔 쪽이 승리하며 왕실에서 승리할 경우 트레모어 공작가에서는 라뉴브 강 상류에 둑을 건설하는 것을 묵인해야 하는 동시에 전사한 국왕 직속군 병사들의 보상금을 지불해야 한다. 반면 트레모어 공작가가 승리한다면 라뉴브 강 상류에 둑을 건설하지 않을 것이며 전사자에 대한 보상금 역시 없던 일로 할 것이다.

베텔 왕국의 왕실이 그야말로 머리를 짜내어 만들어낸 책략이었다. 현실적으로 영지전을 벌여 봐야 승산이 없으므로 대신 기사대전을 통해 왕실의 자존심을 살리고자 한 것이다.

물론 기사 전력도 왕실 측이 현저히 밀렸지만 단 세 명이 싸우는 기사대전이라면 충분히 승산이 있다고 볼 수 있다. 상위 기사들의 수준은 왕실이 우세했던 것이다. 한마디로 트레모어 공작가가 받아들여도 좋고 거부하더라도 왕실의 위신을 세울 수 있었기에 내린 결정이었다.

그런데 트레모어 공작 측에서는 두 말도 없이 기사대전을 받아들였다. 아니, 한술 더 떠서 세아트 평원 전체를 걸고 기사대전을 벌이자는 답변을 해왔다.

─그럴 것 없이 세아트 평원 전체를 걸고 기사대전을 벌이도록 하자. 양측에서 각기 열 명씩의 기사를 내세워 5승 이상을 거두는 측이 세아트 평원 전체를 차지하는 방식으로 말이다.

왕실로서는 깜짝 놀랄 수밖에 없는 제안이었다. 현재 세아트 평원은 3분의 1이 왕실 소유, 3분의 2가 트레모어 공작가 소유였다. 기사대전에서 승리한다면 세아트 평원 전체를 왕실이 소유할 수 있게 되는 것이다.

세아트 평원은 베텔 왕국 전체 곡물 생산량의 3할을 차지하는 곡창지대이다. 이 평원을 모두 차지할 수 있다면 왕실의 권력이 비약적으로 증가할 것이다.

게다가 기사대전은 왕실 측에 절대적으로 유리했다. 기사대전이란 통상적으로 보유한 기사들 중 가장 강자가 나가기 마련이다. 비록 전체적인 기사 전력은 뒤지지만 상위 기사의 수준은 오히려 왕실 측이 우위라는 평가를 받고 있었다.

결국 장고의 회의 끝에 왕실은 트레모어 공작가의 제안을 받아들이기로 결정했다.

―트레모어 공작가의 제의에 찬성한다. 열 명씩의 기사가 대전을 벌여 생존자가 많은 쪽이 승리하는 것으로 하며 승자는 세아트 평원 전체를 소유할 권리를 지닌다.

왕실에서는 즉각 두 후작가에 사람을 보내 공증을 요청했고 그들은 승낙했다. 세아트 평원을 걸고 트레모어 공작가와 왕실의 거대한 도박이 성사된 것이다.

"왕실에서 제의를 받아들였다. 정확히 일주일 뒤 기사대전이 실시될 것이다."

그 말을 들은 로이드의 입가에 미소가 떠올랐다.

"일주일 뒤면 세아트 평원은 트레모어 공작가로 귀속될 것입니다."

"자신 있겠지?"

"걱정하지 마십시오. 블레이드 오너는 결코 만만히 볼 수 있는 존재가 아닙니다."

"널 믿는다."

트레모어 공작의 입가에 흡족한 미소가 떠올랐다. 이미 그는 여러 차례 블레이드 오너의 위력을 관전해본 적이 있다. 무려 열 명의 기사를 상대로 싸웠어도 패배하지 않은 로이드였다. 왕실에서 아무리 강한 기사를 내보내더라도 로이드를 이길 가능성은 희박했다.

"한 가지 당부하마."

"말씀하시지요, 아버님."

"기사대전에서 맞붙을 왕실 기사들을 가급적 살려두지 마라. 지금으로선 왕실의 전력을 야금야금 갉아먹는 것이 중요하다. 훗날을 위해서 말이다."

로이드의 입가에 묘한 미소가 떠올랐다.

"아버님의 말씀대로 하도록 하겠습니다."

"가능하겠지?"

"저와 싸우게 될 왕실 기사들은 단 한 명도 목숨을 부지하지 못할 것입니다."

"정말 자랑스럽구나. 널 아들로 맞이한 것은 나에겐 엄청난 행운이야."

함박웃음을 지으며 로이드의 어깨를 두드리는 트레모어 공작이었다.

리셀은 지끈거리는 머리를 부여잡고 끙끙 앓고 있었다.

어제도 해밀턴과 함께 밤새도록 술을 퍼마셨기 때문이었다.

"해밀턴은 어디로 갔지? 해장술을 해야 하는데?"

정보부 요원에게 물어보자 해밀턴이 급한 일로 궁정에 들어갔다는 대답을 해왔다.

"쩝. 오늘은 해장술을 먹지 못하겠군."

리셀은 지금 무일푼이었다. 해밀턴이 없으면 술을 구할 방법이 없었기에 아쉬운 입맛을 다시고 있는데 누군가가 문을 박차고 들어왔다.

"이봐, 큰일이 벌어졌어."

"무슨 일인데 그렇게 방정이야?"

들어온 사람이 해밀턴인 것을 확인한 리셀이 심드렁하게 대꾸했다. 그 모습에 해밀턴이 와락 인상을 썼다.

"그래도 내가 일국의 왕자인데 예의를 좀 지켜봐. 방정이 뭐냐?"

"왕좌에 오를 가능성도 희박한 찌꺼기 왕자에게 지킬 예의란 없어."

"이 자식이?"

이를 갈았지만 해밀턴은 더 이상 화를 내지 않았다. 국왕의 아들답지 않게 무척이나 소탈하고 뒤끝이 없는 성격이었다.

"쯔쯔. 내가 너에게 뭘 기대하겠나? 어쨌거나 사건이 터졌어. 트레모어 공작이 제대로 사고를 쳤다고……."

"관심 없다."

"어? 네 아버지 일인데도 말이냐?"

그 말에 리셀이 버럭 화를 냈다.

"누가 내 아버지란 말이냐? 난 그런 아버지 둔 적 없어."

"흐흐흐. 미안하다. 어쨌거나 톱뉴스야. 왕실에서 트레모어 공작가와 기사대전을 벌이기로 했어. 세아트 평원 전체를 걸고 말이야."

리셀이 눈매를 가늘게 좁혔다. 왕실과 귀족 가문이 기사대전을 벌이는 것은 한마디로 금시초문이었다.

그간 해밀턴과 술을 마시며 많은 대화를 나눴기에 이제 리셀은 베텔 왕국의 돌아가는 사정을 어느 정도 알고 있었다. 왕실의 권력이 귀족들에 비해 현저히 미약하다는 사실까지 말이다.

"참 별일이로군. 이런 일은 아스트리아 제국에서는 상상조차 할 수 없는 일이지."

"어쨌거나 잘하면 세아트 평원을 왕실이 차지할 수 있다고. 기사대전에서 승리한다면 말이지."

이번에 결정된 기사대전은 어찌 보면 상당히 끔찍한 시합이었다. 왜냐하면 왕실에서 이해득실을 따져 생존자가 많은 쪽이 승리하는 쪽으로 규칙을 바꿨기 때문이었다.

룰에 따르면 시합에 나설 기사들 대부분이 목숨을 잃게 될 것이 분명했다. 물론 검을 버리고 항복한다면 목숨을 부지할 수 있겠지만 명예에 죽고 사는 기사들이 그럴 가능성은 희박하다. 해밀턴은 신이 나서 상황을 설명했다.

"이것은 왕실에 절호의 기회가 될 수 있어. 곡창 지대인 세아트 평원을 차지한다면 충분히 트레모어 공작가를 누를 수도 있다고."

"그래 봐야 네게 돌아오는 것도 없잖아? 찌꺼기 왕자가 뭘 얻어먹겠어."

그 말에 해밀턴은 급격히 풀이 죽었다.

"그, 그렇긴 하지만 그래도 내가 속한 왕실의 일인걸?"

"아무래도 트레모어 공작에게 뭔가 꿍꿍이가 있는 것 같아. 손해 보는 조건을 감수하면서까지 기사대전을 받아들이다니 말이야."

이제 리셀에게 트레모어 공작은 완전히 남이었다. 리셀을 죽이기 위해 암살자를 파견한 순간부터 둘은 영원히 양립할 수 없는 길로 갈라서 버렸다.

차라리 자신을 친구로 맞아준 해밀턴이 더욱 가까운 사이로 볼 수 있었다. 무슨 말을 해도 화내지 않고 술친구로 대접해 주니 말이다. 무엇보다도 그는 암살자의 손아귀에서 리셀을 구해준 은인이었다.

"그래, 기사대전은 어디서 벌이는 거지?"

"왕궁의 연무장에서 벌어질 거야. 이미 베텔 왕국 대부분의 귀족들이 기사대전을 보기 위해 상경하고 있다고 들었어. 워낙 큰 사건이기 때문이지."

"그래?"

리셀이 슬며시 눈매를 좁혔다. 물론 트레모어 공작이 무슨 꿍꿍이로 그런 제안을 받아들였는지는 아무도 모른다.

'단단히 믿는 바가 있는 건가? 공식적으로 베텔 왕국에는 블레이드 오너가 없다고 들은 것 같은데.'

아무래도 트레모어 공작이 부리는 수작을 직접 눈으로 보아야 할 것 같았다. 마음을 정한 리셀이 입을 열었다.

"이봐."

"뭐냐? 말해."

"혹시 기사대전을 참관할 수 있을까?"

"네가?"

해밀턴이 눈을 크게 뜨고 리셀을 쳐다보았다.

"이래 봬도 난 기사야. 그런 만큼 기사대전을 한번 보고 싶어."

"놀고 있네. 자유 기사는 기사로 쳐주지도 않는데 무슨? 꼴에 잘난 척하기는……."

리셀이 와락 인상을 썼다.

"베텔 왕국에서나 그렇지, 아스트리아 제국에서는 상황이 달라. 자유 기사가 이런 대접을 받는다는 사실이 알려지면 제국 전체가 발칵 뒤집힐걸."

"쓸데없는 소리하지 마. 흠, 고민이로군. 이미 정보부의 부하 한 명을 데리고 가기로 약속했는데 말이야."

해밀턴이 난감한 표정을 지었다. 비록 사생아라 할지라도 무늬는 왕족이었으므로 그에겐 대전을 참관할 자격이 주어졌다. 그러나 데리고 갈 수 있는 인원은 오로지 수행원 한 명뿐이었다. 리셀이 거듭 청을 했다.

"친구로서 부탁한다. 내가 아니면 누가 너와 대작을 해 줄 것 같아?"

고민하던 해밀턴이 결정을 내렸다.

"좋아. 친구를 위해 내가 희생하지. 부하 녀석에게 미안하지만 어쩔 수 없는 일이지."

리셀이 빙그레 웃으며 손을 내밀었다.

"정말 고마워."

"고마우면 술 사. 아차! 너 같은 빈털터리에게 이 무슨 실언이냐. 취소다 취소."

리셀이 빙그레 웃으며 해밀턴의 어깨를 두드렸다. 그는 아슈레인 이래 처음으로 친밀감을 느껴보는 친구였다. 아마 해밀턴이 아니었다면 충격에서 헤어나기가 쉽지 않았을 것이다.

마침내 기사대전의 날이 다가왔다. 왕궁의 연무장은 입추의 여지도 없을 만큼 꽉 들어찼다. 마치 베텔 왕국의 모든 귀족이 한자리에 모인 것 같았다.

리셀은 해밀턴과 함께 궁정의 성문에 도착해 있었다. 평소와는 달리 무척 많은 근위병들이 나와 질서 유지를 맡고 있었다. 갑옷 없이 허리에 검 두 자루만 달랑 찬 상태로 리셀이 주위를 둘러보았다.

'정말 오랜만이로군. 어머니의 손에 이끌려 바로 이 성문을 나섰는데 말이야.'

해밀턴은 수문 병사와 약간의 실랑이를 하고 있었다.

"나와 수행원 한 명인데 왜 안 된다는 것이냐?"

"조금 전에 훈령이 내려왔습니다. 대전을 관전하고자 하는 사람들이 너무 많아서 방계 왕족들의 수행원은 입장시키지 말라고 하셨습니다."

"허 이해가 되지 않는군. 명색이 왕족인데 수행원도 없이 들어가란 말이냐?"

해밀턴이 버럭 화를 내자 수문 병사가 난감한 표정을 지었다.

"게다가 수행원이 정보부 요원이 아니라 외국인인 아스트리아 사람이라 더욱 곤란합니다. 신분은 확인되었지만 아무래도……"

"다른 사람도 아니고 내 친구다. 친구에게 궁정을 구경시켜주고 함께 기사대전을 관전하려는데 왜 안 된다는 것이냐?"

"그래도 훈령이 내려온지라……"

해밀턴이 어쩔 수 없다는 듯 주머니에 손을 집어넣었다. 잠시 후 그의 손에는 번쩍이는 은화 몇 개가 들려 있었다. 그것을 건네자 수문 병사가 재빨리 받아 들었다. 그가 웃는 낯으로 차단기를 열었다.

"모든 일에는 예외가 있는 법이지요. 어서 들어가십시오."

해밀턴이 재빨리 리셀의 팔을 붙잡고 들어갔다. 성문 안에 들어가자 리셀이 말을 걸었다.

"베텔 왕국 왕궁으로 들어가려면 돈을 찔러줘야 하는 거야?"

"일종의 급행료지. 괜히 옥신각신하는 것보다 한 푼 쥐어주는 것이 일 처리가 빨라. 어쨌거나 들어오는 데 성공했잖아? 눈에 띄지 않는 곳에서 후딱 관람하고 빨리 나가자."

"아무튼 신경 써줘서 고마워."

고개를 끄덕인 리셀이 궁정의 이모저모를 쳐다보았다. 어린 시절 이곳에서 시종으로 교육받았기에 모든 것이 낯익었다. 감상에 빠진 모습으로 궁정을 훑어보는 리셀을 해밀턴이 묘한 눈으로 쳐다보았다.

'아무튼 참 희한한 녀석이야.'

함께 지낸 지 얼마 되지 않았지만 해밀턴은 리셀에게 흠뻑 빠져 있었다. 무엇보다도 가식이 없다는 점이 해밀턴의 마음에 쏙 들었다.

해밀턴은 국왕이 낳은 사생아이다. 천한 시녀의 몸에서 태어난 탓에 아무도 그에게 왕자 대접을 해주지 않았다. 겉으로는 깍듯하게 대하지만 돌아서면 손가락질을 하는 것이 예사였다.

'저것도 왕자라고. 무늬만 비슷할 뿐이지.'

'언제 쥐도 새도 모르게 사라질지 모르는 왕족 따위가 뭘.'

눈치가 비상한 해밀턴은 그런 사람들의 속마음을 정확히 꿰뚫어보았다. 어릴 때부터 먹어온 눈칫밥이 그것을 가능하게 했다.

따라서 속과 겉이 다른 사람들을 대하는 것 자체가 그에게는 엄청난 스트레스였다. 그러나 우연히 만나 친교를 맺은 리셀은 결코 그렇지 않았다. 우선 사람 자체가 지극히 고지식한데다 해밀턴을 전혀 스스럼없이 대했다. 어떨 때는 화가 날 정도로 솔직하게 속내를 털어놓는 바람에 역정이 치밀기도 했다.

'간이 큰 것인지, 멍청한 건지 모르겠군. 아무리 찌꺼기라도 엄연히 국왕의 아들인데 말이야. 나에게 저토록 솔직하고 담백하게 대하는 놈은 저놈이 처음이야. 정말 마음에 들어.'

그러나 해밀턴은 알지 못했다. 리셀이 지고한 종족 드래곤에게도 말을 가리지 않는다는 사실을 말이다. 골드 드래곧 아슈레인에게도 할 말을 다 하는 리셀이 한낱 찌꺼기 왕자를 어려워해야 할 이유는 없었다.

해밀턴이 자리 잡은 곳은 하급 귀족들이 운집한 가장자리였다. 워낙 뒤쪽이라 대전장 내부가 깨알처럼 작게 보였다. 해밀턴이 와락 얼굴을 일그러뜨렸다.
"젠장! 잘 안 보이는 장소를 택했군."
"어쩔 수 없잖아? 이나마도 대전장을 볼 수 있으니 다행이지."
해밀턴이 아쉬운 눈빛으로 중앙 부분을 쳐다보았다. 그곳에는 진짜 왕족들을 위한 관람석이 마련되어 있었다.
"저곳에서 보면 잘 보일 텐데 말이야."
그러나 무늬만 왕자인 해밀턴에게 그곳은 그림의 떡이나 다름없었다. 그렇게 자리를 잡고 기다리자 마침내 기사대전이 시작되었다. 마법사의 음성 증폭 마법이 걸리자 진행을 맡은 관리가 목청을 돋웠다.
"이제부터 베텔 왕실과 트레모어 공작가 간의 분규를 해소하기 위한 기사대전을 시작하겠습니다. 베텔 왕국의 대들보인 두 분의 후작 각하께서 친히 대전을 공증하실 것입니다."
진행자가 허리를 굽힌 상태로 손짓을 했다. 그러자 아도니스, 맥도웰 두 후작이 자리에서 일어나 손을 들었다.

"와아아아."

사람들의 함성 소리가 잦아들자 진행자가 기사대전의 목적과 대가를 설명했다.

"왕실과 트레모어 공작가는 기사대전의 승자가 세아트 평원 전체의 소유권을 가지는 것으로 합의했습니다. 방식은 생존자를 많이 남기는 쪽이 승리하는 것으로 하며 양측에서 각기 열 명씩의 기사가 출전합니다. 베텔 왕국을 대표하는 상급 기사들이 대거 출전하며……."

무척이나 시끄러웠지만 음성 증폭 마법의 힘을 빌었기 때문에 모든 사람들이 진행자의 음성을 들을 수 있었다.

"그럼 첫 번째 시합을 시작하겠습니다. 왕실을 대표해서 나온 기사는 근위 기사단의 분대장인 하퍼필드 경입니다. 그리고 트레모어 공작가의 마틴 경이 하퍼필드 경을 상대할 것입니다."

진행자가 소개를 마치자 진행 요원이 북을 쳤다.

둥 두둥 둥.

도전받은 측이 먼저 나오는 관례에 따라 근위 기사인 하퍼필드가 대전장으로 걸어나왔다. 흉갑과 방패에는 왕실의 문장이 큼지막하게 새겨져 있었다. 그 모습을 보고 리셀이 갸웃거렸다.

'마나의 흐름이 느껴지지 않는 것을 보니 마법 갑옷은 아니로군.'

아마 베텔 왕실의 재정 상태로는 열 명이나 되는 기사에게 마법 갑옷을 입히지 못했을 터였다. 마법 갑옷은 한 벌로 꽤 큰 규모의 영지 하나를 살 수 있을 정도로 비싸다. 돌연 리셀이 쓴웃음을 지었다.

 '주군께서 저 비싼 마법 갑옷을 세 벌이나 챙겨주셨는데 하나도 가지고 오지 않았군.'

 만약 가지고 왔더라도 술로 바꿨을 것이라는 생각을 한 리셀이 고개를 절레절레 흔들었다. 바로 옆에서 기대에 찬 음성이 흘러나왔다.

 "햐, 누가 이길지 정말 종잡을 수 없군. 트레모어 공작가의 기사가 덩치가 더 좋으니 조금이라도 유리하겠지?"

 그 말에 리셀이 어처구니없다는 표정을 지었다. 이미 리셀은 한 번 척 보는 것으로도 두 기사가 얼마만큼 수련을 했는지, 또 얼마나 실전을 겪었는지 알 수 있었다.

 트레모어 공작가의 기사가 덩치는 더 좋았지만 걸음걸이에 힘이 잔뜩 들어가 있었다. 그만큼 긴장했다는 뜻이다. 반면 왕실에서 내보낸 하퍼필드의 발걸음은 차분했다. 긴장을 덜 하는 것을 보니 실전 경험이 월등한 것 같았다.

 "이번 대결은 왕실의 승리야. 볼 것도 없어."

 리셀의 한마디에 해밀턴이 황당한 표정을 지었다.

 "정말 간단하군. 내기할까? 나는 마틴 경이 이긴다는 데 걸겠어."

"내기해도 상관없지만 나에겐 걸 것이 아무것도 없는데?"

"하긴, 너 같은 빈털터리에게 뭘 기대하겠어?"

쓴웃음을 지으며 고개를 절레절레 흔든 해밀턴이 다시금 대전장을 쳐다보았다. 두 명의 기사가 막 전투를 개시하려 하고 있었다.

리셀의 예상은 적중했다. 사납게 격돌한 두 명의 기사가 미친 듯이 검을 휘둘렀다.

쾅 콰쾅.

방패에 깊숙이 흠집이 나고 검에서 불꽃이 튀었다. 처음에는 마틴이 당당한 덩치를 십분 이용해서 마구 밀어붙였다. 그러나 실전 경험에서 월등한 하퍼필드는 요령 있게 치고 빠지며 마틴의 기세를 누그러뜨려 나갔다. 초반부터 전력을 다한 마틴은 오래지 않아 지칠 수밖에 없었다. 긴장감 때문에 완급 조절을 하는 데 실패한 것이다.

"허억, 헉."

마틴이 풀무처럼 거친 숨을 몰아쉬는 데 비해 하퍼필드의 숨결은 그다지 거칠어지지 않았다. 그러나 갑옷 자체에 물리 방어 마법이 걸려 있지 않았기에 상처를 입는 것은 피할 수 없었다. 은빛으로 빛나는 갑옷에 흠집이 죽죽 가며 찌그러졌다. 갑옷 틈새로 땀과 피가 주르르 흘러내렸다.

첫 승리의 영광을 잡은 기사는 하퍼필드였다. 지칠 대로 지친 마틴을 교묘하게 밀어붙여 틈을 만든 하퍼필드가 힘껏 검을 꽂아 넣었다.

푸우욱.

장검이 흉갑 틈새를 비집고 들어가 폐 깊숙한 곳에 박혔다. 마틴의 입이 쩍 벌어지며 피가 뭉클뭉클 흘러나왔다. 상대의 몸에서 힘이 빠지자 하퍼필드는 망설임 없이 손에 힘을 주었다. 상처가 벌어지며 피가 점점 더 많이 흘러나왔다. 결국 극심한 출혈을 버티지 못하고 마틴의 고개가 꺾였다.

스르릉.

검을 뽑자 아직까지 숨이 끊어지지 않은 마틴의 몸이 힘없이 허물어졌다. 상대의 최후를 지켜보던 하퍼필드가 검을 하늘 높이 들어 올렸다. 동시에 사람들의 함성이 터져 나왔다.

"와아아아!"

"왕실을 대표해서 나온 하퍼필드 경이 승리했다."

하퍼필드는 사람들의 환호를 받으며 의기양양하게 돌아왔다. 그러나 그도 적지 않은 상처를 입어 갑옷 사이로 피를 철철 흘리고 있었다.

첫 승리는 왕실에서 가져갔다. 규정대로라면 하퍼필드가

더 싸워도 되지만 왕실에서는 다른 기사를 출전시켰다. 하퍼필드에겐 상처를 치료하고 지친 심신을 달랠 휴식이 절실히 필요하다.

왕실에서는 하퍼필드와 같이 근무하는 근위 기사단 분대장 나벨을 내보냈다. 그에 질세라 트레모어 공작가 진영에서 기사 한 명이 걸어 나왔다. 들어 올린 면갑 사이로 드러난 얼굴은 이십대 후반 정도로 매우 젊어 보였다. 사십대 초반인 나벨 경과 확연하게 차이가 나는 모습이다.

리셀의 예상이 맞아떨어지자 해밀턴이 씁쓸한 표정을 지었다.

"네 예상대로 하퍼필드 경이 승리했어. 실로 소 뒷걸음질 치다 쥐 잡은 격이로군."

"내 눈은 정확해. 네가 날 어떻게 생각하는지 모르지만 말이야."

"한 번 맞췄다고 아예 기고만장하는군. 그러나 두 번은 맞추지 못할 거야. 난 젊은 기사가 이긴다는 데 걸겠어. 젊은 만큼 체력과 지구력이 월등히 뛰어날 테니 말이야."

리셀이 쓴웃음을 지었다.

"물론 체력과 지구력도 중요하지. 그러나 저런 단기 대결에서는 노련함이 나머지 조건을 압도하기 마련이야. 난 이번에도 왕실 측이 이긴다고 예상해. 이름이 나벨이라고 했던가?"

그 말에 해밀턴이 코웃음을 쳤다.

"흥. 이번에도 맞추는지 한번 보자. 난 트레모어 공작가의 기사가 이긴다는 데 한 표 걸겠어."

그간 쌓인 감정이 많았는지 끝까지 왕실의 기사를 선택하지 않는 해밀턴이었다.

리셀의 예측은 정확했다. 트레모어 공작가의 기사 돌룬은 젊은 나이를 무기로 맹렬하게 공격을 퍼부었다. 상대인 나벨은 힘에 부친다는 듯 뒤로 죽죽 밀려날 뿐이었다. 힘과 체력 등 모든 면에서 밀리는 것이다. 돌룬이 기세 좋게 밀어붙이자 관객들이 우레와 같은 함성을 내질렀다.

"와아아아!"

해밀턴도 한껏 신이 나 있었다.

"저것 봐. 내 예상이 맞았지."

그러나 리셀의 날카로운 눈은 사정을 정확히 꿰뚫고 있었다. 맥없이 밀려나는 것처럼 보였지만 나벨의 균형은 결코 흐트러지지 않았다. 수세에 몰리는 척하면서 치명적인 반격을 준비하는 것이 분명했다. 리셀의 예상보다 더욱 노련한 기사였다.

"내 예측이 맞을 거야. 아마 이번 승부는 단숨에 판가름 나고 말 거야."

결국 승부는 리셀의 예측대로 흘러갔다. 사선으로 가로지르는 검을 방패로 흘려보낸 나벨이 돌룬의 무릎을 검으로 찔렀다. 교묘하게 정강이 보호대 사이의 틈새를 뚫고 들어간 장검이 무릎뼈 깊숙이 박혔다.

"크으윽."

묵직한 신음과 함께 돌룬이 쩔뚝거렸다. 분노의 반격을 가했지만 나벨이 노련하게 방패로 걷어냈다. 돌룬이 걷지 못하게 되자 상황이 뒤바뀌었다. 한껏 숨죽이고 있던 나벨이 기회가 왔다는 듯 반격을 가한 것이다. 무릎을 다친 돌룬은 제대로 실력을 발휘하지 못했다.

결국 틈을 찾아낸 나벨이 돌룬의 복부 깊숙이 검을 박아 넣었다. 돌룬이 젖 먹던 힘을 다해 검으로 후려갈겼지만 헛되이 방패 표면만 우그러뜨릴 뿐이었다. 그 상태로 나벨이 힘을 주었다.

푸우욱.

검이 등 뒤로 뚫고 나왔다. 한순간에 꼬치에 꿴 고기 신세가 된 돌룬의 몸에서 서서히 힘이 빠졌다.

"헉, 헉."

거친 숨을 몰아쉬던 나벨이 발을 들어 돌룬의 가슴을 걷어찼다. 검이 뽑혀 나오며 돌룬이 바닥에 큰대자로 드러누웠다. 그리고 그는 두 번 다시 일어나지 못했다.

"와아아."

"또다시 왕실이 승리했다."

만신창이가 된 나벨이 승리의 기쁨을 한껏 누리며 진영으로 돌아왔다. 왕실 측 진영은 완전히 잔치 분위기였다. 두 번이나 승리했으니 당연히 기쁠 수밖에 없다. 반면 트레모어 공작 측 진영은 조용히 침묵을 지켰다.

"한 번은 이길 줄 알았더니……."

트레모어 공작이 씁쓸하게 미소를 지었다. 그의 시선은 막 병사들에게 들려 나오는 돌룬의 시신에 닿아 있었다.

"역시 상급 기사들의 수준은 왕실이 월등하군. 수적으로는 우리에게 현저히 열세지만 말이야."

돌룬의 시체로부터 시선을 거둔 트레모어 공작이 고개를 돌렸다. 대전장을 쳐다보던 로이드가 뭔가를 느꼈는지 트레모어 공작을 쳐다보았다.

"네가 나가주어야겠다. 더 이상 휘하의 기사를 희생시킬 수 없어."

로이드의 입가로 미소가 번져갔다.

"맡겨 주십시오. 세아트 평원을 아버님의 품에 안겨드리겠습니다."

"일전에 했던 당부 잊지 마라. 단 한 놈도 살려 보내서는 안 된다."

로이드가 걱정하지 말라는 듯 허리춤의 검을 툭툭 쳤다.

"염려하지 않으셔도 될 것입니다."

제9장
기사대전에
모습을 드러낸
빛나는 검

다음 대전자 명단을 받은 진행자가 눈을 크게 떴다. 전혀 예상하지 못한 기사가 나왔던 것이다.
 "놀랍군요. 이번에 트레모어 공작 측에서 출전할 기사는 로이드 트레모어입니다. 트레모어 공작 각하의 아드님으로서 최근에 양자로 맞이한 분이로군요."
 진행자의 소개에 관객들이 술렁이기 시작했다. 이런 기사대전에서 고위 귀족의 자식이 나오는 경우는 드물었기 때문이었다.
 "아들을 내보내다니 놀랍군. 양자도 엄연히 아들인데 말이야."

"도대체 무슨 생각을 하는 거지?"

그들이 놀란 눈으로 지켜보는 사이 마침내 로이드가 대전장에 들어섰다. 그의 차림새를 보자 관객들이 또다시 술렁이기 시작했다. 앞서 대결을 펼친 기사들과는 달리 방패도 들지 않았고 판금갑옷도 입지 않았기 때문이었다. 로이드는 얇아 보이는 가죽갑옷을 걸치고 검 한 자루만 달랑 허리에 차고 걸어 나오고 있었다.

"뭐지? 설마 천하의 트레모어 공작가가 돈이 없어 갑옷을 지급하지 못한 것은 아닐 텐데?"

트레모어 공작의 아들이 출전하자 왕실 측 진영도 떠들썩해졌다. 잠시 후 기사 한 명이 검을 움켜쥐고 대전장으로 걸어 나왔다. 국왕을 수호하는 근위 기사단장 클리프 백작이었다.

클리프 백작은 왕실 측에서 준비한 기사들 중 최강자라 볼 수 있었다. 베텔 왕국을 통틀어 검을 가장 잘 쓴다는 평을 받고 있었다. 원래 그는 이번에 나올 순번이 아니었다. 특별히 트레모어 공작의 양자를 상대하기 위해 나온 것이었다.

로이드를 노려보는 클리프 백작의 눈빛은 살기로 일렁이고 있었다. 왕실을 능멸하는 트레모어 공작의 행태에 국왕을 보필하는 근위 기사단장으로서 분노하지 않을 수 없는 법이다. 해서 그는 트레모어 공작가에 확실하게 본보기를 보여줄 작정이었다.

'많은 사람들이 보는 앞에서 로이드를 죽여버린다면 트레모어 공작이 크게 상심할 수밖에 없겠지.'

그뿐만이 아니라 국왕 역시 은밀히 명령을 내려왔다. 기회가 되면 트레모어 공작의 양자를 반드시 죽여 없애라고 말이다.

심호흡을 하는 클리프 백작의 갑옷에는 기하학적인 무늬가 빛을 발하고 있었다. 오늘 출전하는 기사들 중 유일하게 마법 갑옷을 착용하고 있는 것이다. 비록 마정석이 하나밖에 들어가지 않는 하등품이었지만 그 가치는 실로 어마어마했다. 기사들 간의 대결에서 마법 갑옷이 있고 없고는 엄청난 차이가 있었다.

'마법 갑옷까지 내려주신 전하의 은덕을 기리기 위해서는 기필코 트레모어 공작의 양자를 처단해야 한다.'

마음을 정한 클리프 백작이 대전장 중앙에 버티고 섰다. 먼저 도착한 로이드가 뽑아든 검을 축 늘어뜨린 채 대결의 시작을 기다리고 있었다.

뚜우우우.

뿔피리 소리가 울려 퍼지자 클리프 백작이 망설임 없이 공격을 가했다. 방패로 몸을 가린 채 한 발 앞으로 나서서 검을 찔러 들어가는 솜씨는 검술 교본 그 자체라고 해도 무방할 정도로 정교했다.

"양자를 내보내다니 놀랍군. 그래, 이번에는 누가 이길 것 같나?"

고개를 돌린 해밀턴의 눈매가 가늘어졌다. 리셀이 경악 어린 표정으로 대전장을 지켜보고 있었기 때문이었다. 리셀은 지금껏 벌어진 두 대결의 승패를 모두 알아맞혔다. 해밀턴으로선 기가 막힐 수밖에 없었다.

'젠장, 자유 기사로 떠돌면서 점쟁이 노릇도 같이 했나?'

그런데 리셀이 뜻밖의 반응을 보이고 있는 것이다. 대결에 완전히 정신이 팔린 리셀의 입에서 혼잣말이 흘러나왔다.

"틀림없어. 그런데 저자가 도대체 왜 베텔 왕국에 와 있는 거지?"

"아는 사람이야?"

해밀턴의 말에 리셀이 퍼뜩 정신을 차렸다.

"그냥 혼잣말이었어. 금방 뭐라고 했지?"

"둘 중에서 누가 이길 것 같아? 나는 근위 기사단장인 클리프 경에게 걸겠어. 베텔 왕국 전체를 통틀어 가장 검을 잘 쓰시는 분이니 당연히 이길 수밖에 없을 거야."

그러나 리셀은 생각해 볼 것도 없다는 듯 고개를 흔들었다.

"클리프란 기사가 이길 가능성은 전무해. 내 예상이 맞는다면 말이지."

그 말에 해밀턴이 괴소를 흘렸다.
"흐흐흐. 이번에는 잘못 짚었어. 이미 사람들이 모두 클리프 경에게 돈을 걸고 있는 상황이야."
그러나 리셀은 대답하지 않았다. 모든 정신을 집중하여 대전장을 노려보고 있는 상황이었기 때문이었다.

"뭐, 뭐지?"
클리프가 당혹한 표정으로 주위를 두리번거렸다. 막 공격을 가했는데 상대의 몸이 흔적도 없이 사라졌기 때문이었다. 몸을 돌린 클리프의 눈이 빛났다. 어이없이 종적을 잃어버렸던 로이드가 5미터 정도 떨어진 곳에서 잔잔한 눈빛으로 그를 쳐다보고 있었다.
"놈! 무슨 수를 썼는지 모르지만 이번에는 통하지 않을 것이다."
버럭 고함을 지른 클리프가 다시금 몸을 날렸다. 그러나 이번에도 검이 작렬하기 직전 로이드의 신형이 그 자리에서 지워졌다.
"뭐지? 설마 기사가 아니라 마법사인가?"
정신없이 두리번거리며 로이드의 종적을 찾는 클리프였다. 등 뒤에서 겨우 로이드를 찾아낸 클리프가 이번에는 신중하게 공격을 감행했다. 예기를 내뿜는 장검이 상대가 피할 방위를 모두 차단한 채 찔러 들어갔다. 상대가 어디를 노리는지 알아차리지 못하게 검 끝이 끊임없이 흔들리고 있었다.

로이드는 조금 전처럼 피하지 않았다. 축 늘어뜨린 검을 들어 올려 마주쳐갈 뿐이었다. 두 자루의 검이 거친 기세로 맞부딪혔다. 그러나 격돌음은 터져 나오지 않았다.

서걱.

버터가 잘리는 듯한 소리와 함께 클리프의 검이 동강났다. 당황한 클리프의 눈이 경악으로 물들었다. 로이드의 장검에서 돌연 무지갯빛 빛무리가 뿜어졌기 때문이었다.

파파파팟.

"뭐, 뭐야? 서, 설마 빛나는 검?"

급히 뒤로 물러서려던 클리프의 오른쪽 흉갑에 구멍이 뚫렸다. 곧이어 세차게 피가 뿜어지기 시작했다. 로이드가 블레이드 오너 특유의 빠른 몸놀림으로 공격을 가했던 것이다. 얼마나 빨랐는지 클리프는 검이 날아오는 기미도 눈치채지 못했다. 갑옷에 새겨진 물리 방어 마법은 빛나는 검과 접촉하는 순간 파괴되어 버렸다.

"크으윽."

신음을 흘리며 가슴을 움켜쥐는 클리프였다. 그러나 지혈을 할 틈이란 없었다. 로이드가 보이지도 않는 속도로 연거푸 검을 찔러왔기 때문이었다.

뻥뻥뻥.

갑옷에 잇달아 구멍이 뚫리며 피가 솟구쳤다. 벌집이 되어버린 클리프의 몸은 흘러나온 피로 인해 완전히 피투성이였다. 로이드는 마치 장난이라도 치듯 클리프의 전신을 찔러댔다. 그러면서도 치명적인 급소가 있는 부분을 가급적 피했다. 클리프는 반격할 엄두도 내지 못했다. 눈 깜짝할 사이에 생명 유지에 필요한 피를 모두 바닥에 흘려버린 것이다.

"끄으으."

눈이 돌아간 클리프의 몸이 힘없이 바닥에 나동그라졌다. 대전장 바닥에는 클리프가 흘린 피가 흥건히 고여 있었다.

좌중은 조용해졌다. 로이드의 검에서 뿜어지는 빛나는 검을 본 순간 약속이라도 하듯 입을 닫았다. 잠시 후 중얼거림이 한마디씩 흘러나오기 시작했다.

"설마, 말로만 들어본 빛나는 검인가?"

"그렇다면 트레모어 공작가에서 양자로 맞아들인 로이드란 자가 블래이드 오너라는 뜻인데?"

"믿을 수가 없군. 베텔 왕국에 블레이드 오너가 출현하다니 말이야."

이미 근위 기사단장 클리프의 패배는 사람들의 뇌리에서 잊힌 상태였다. 모든 사람들의 관심이 베텔 왕국에 처음으로 등장한 블레이드 오너 로이드에게 집중되었다. 잠시 후

우레와 같은 환호성이 터져 나왔다.

"와아아아!"

"블레이드 오너 만세!"

사람들의 환호성에 로이드가 얼떨떨한 표정을 지었다. 이런 열광적인 환호를 받을 줄은 몰랐던 모양이었다.

트레모어 공작의 입가에서는 뿌듯한 미소가 번져나가고 있었다. 사람들의 반응을 보니 블레이드 오너를 휘하에 거둬들인 보람이 있었다. 입술을 비집고 확신에 찬 음성이 흘러나왔다.

"이제 그 누구도 트레모어 공작가를 넘보지 못할 것이다. 인간의 한계를 벗어던진 초인이 존재하는 한 말이다."

반면 왕실의 인사들은 말을 잃었다. 철석같이 믿었던 근위 기사단장 클리프가 패배한 것도 충격이었지만 그 상대는 소문으로만 들어보았던 블레이드 오너였다. 지금까지 베텔 왕국에 존재하지 않았던 블레이드 오너가 하필이면 트레모어 공작가에서 출몰한 것이다.

등에 깃발을 멘 병사들이 클리프의 시체를 수습해오자 왕실 사람들은 그때서야 정신을 차렸다.

"정말 큰일이로군."

"이 일을 어떻게 하지?"

비록 블레이드 오너를 한 번도 본 적이 없었지만 어떤 존재인지는 소문을 들어 알고 있었다. 평범한 기사는 죽었다 깨어나도 이길 수 없는 초인이 블레이드 오너였다.

출전 대기 중이던 기사들의 전의가 한순간에 꺾여버렸다. 인간의 한계를 벗어던진 초인을 도대체 무슨 수로 상대한단 말인가?

"그랬군. 그래서 기사대전을 제안했던 거야. 어리석게도 트레모어 공작가의 계략에 넘어가고 말았군. 가증스럽게도 블레이드 오너를 영입해 놓고 시치미를 뚝 떼다니."

하벤 2세가 입술을 깨물었다. 정황을 보니 기사대전에서 승리하는 것은 불가능해 보였다. 두 눈 벌겋게 뜨고 세아트 평원을 넘겨주게 생긴 것이다.

승리를 거뒀지만 로이드는 들어가지 않았다. 전혀 상처를 입지 않고 마치 농락하듯 클리프를 저세상으로 보냈으니 싸울 수 있는 여력은 충분하다.

"트레모어 공작가에서는 로이드 경이 계속해서 싸울 것이라 하셨습니다. 왕실 측에서는 다음 순번으로 싸울 기사를 내보내 주십시오."

기사들의 사기는 현저히 떨어져 있었다. 베텔 왕국에서 가장 칼솜씨가 뛰어난 클리프 백작이 상대의 몸을 건드려보지도 못하고 절명했다. 나가 봐야 승산이 있을 턱이 없었다. 그러나 명예를 위해서는 죽음을 불사하는 것이 기사들이다.

 다음 순번으로 내정된 기사가 검을 움켜쥐고 걸어 나왔다. 클리프 백작 휘하의 근위 기사 중 한 명이었다.

 "단장님의 원수를 갚겠다."

 대결이 개시되자 기사가 눈에 불을 켜고 달려들었지만 초인의 아성을 넘어서진 못했다. 출전한 기사는 단장인 클리프 백작과 마찬가지로 전신에 구멍이 뻥뻥 뚫린 참혹한 모습으로 쓰러졌다. 몸속의 피를 모조리 바닥에 쏟은 채 말이다.

 "트레모어 공작가의 로이드 트레모어 경께서 2연승을 거두셨습니다. 이로써 승률은 동률이 되었습니다. 왕실에서는 다음 순번으로 싸울 기사를 내보내 주십시오."

 또다시 기사가 나왔다. 그리고 선임자들과 조금도 다르지 않은 모습으로 차디찬 대지에 몸을 뉘어야 했다. 그다음 기사도 마찬가지였다.

 다섯 번을 연이어 패배하자 왕실 측 인사들은 더 이상 기사들을 내보낼 엄두를 내지 못했다. 내보내 봐야 전신에 수십 개의 구멍이 뚫린 참혹한 모습으로 죽어 나자빠지니 어찌 내보내겠는가?

 베텔 왕국의 기사대전은 아스트리아와 방식이 약간 달랐다. 아스트리아 제국에서는 미리 기사의 명단을 제출해야 출전이 가능했지만 베텔 왕국은 즉석에서 기사를 뽑아 내보내는 방식이다. 그런 만큼 왕족들은 휘하의 기사를 내보낼 생각을 하지 않았다. 이미 휘하의 기사를 출전시키겠다고 약속한 왕족들도 말을 번복하는 상황이었다.

"나, 나는 포기하겠소. 블레이드 오너를 상대로 어떻게 싸워 이긴단 말이오."

"나 역시 마찬가지요. 힘들게 거둔 기사를 허무하게 잃을 순 없소."

죽음을 향해 흔쾌히 나아가는 기사는 오직 국왕 직속의 근위 기사단뿐이었다. 그들은 단장의 원수를 갚겠다며 전의를 불태웠다. 그러나 실력 차이는 마음가짐만으로는 극복하기 힘든 법이다. 또다시 두 명의 기사가 출전했다가 싸늘한 시신이 되어버렸다.

근위 기사단에 더 이상 출전시킬 만한 기사가 없자 하벤 2세는 이미 승리를 거두고 휴식중인 하퍼필드와 나벨, 두 기사마저 내보냈다.

"반드시 승리하여 전하께 승리를 바치겠습니다."

"블레이드 오너라 하더라도 몸에 칼이 박히지 않는 것은 아닙니다."

호기 있게 출전했지만 하퍼필드와 나벨, 두 기사의 운명은 동료들과 다르지 않았다. 오히려 그들은 트레모어 공작가문 기사들을 죽였다는 이유로 더욱 처참하게 난도질을 당해야 했다.

로이드는 눈썹 하나 까딱하지 않고 두 기사의 몸을 토막 내어버렸다. 검에서 뿜어지는 무지갯빛 광채는 갑옷으로 보호받는 육신을 마치 치즈처럼 가볍게 동강내어버렸다.

그들의 신체 조각이 어지럽게 대전장에 널렸다. 병사들은 토악질을 참아가며 토막 난 두 기사의 시신을 수습해야 했다. 관전하던 관객들도 얼굴이 핼쑥해졌다. 사람의 몸이 조각나는 장면은 어지간한 간담으로는 쳐다보지 못할 정도로 끔찍했다.

트레모어 공작의 얼굴에는 희색이 만연했다. 왕실 기사의 몸을 잔인하게 토막 치는 모습조차도 그에게는 기쁘기 그지없는 장면이었다.

'역시 로이드야. 철저히 명령을 수행하는 것을 보니 양자로 맞아들인 보람이 있어.'

처음 두 번은 패배했지만 이후 로이드가 나서서 연달아 9승을 올렸다. 이제 한 번만 더 이기면 세아트 평원은 트레모어 공작가로 귀속되게 된다. 열 번을 싸워서 생존자가 많은 쪽이 승리하는 게 이번 기사대전의 규칙인데 트레모어 공작가에는 무려 여덟 명이 살아남아 있었다. 반면 왕실 측 생존자는 아직까지 나오지 않은 단 한 명뿐이다.

물론 왕실에서 세아트 평원을 순순히 내놓으려 하지 않겠지만 문제 될 것은 없었다. 병력 상황과 기사 전력이 앞서

니만큼 힘으로 빼앗으면 그만이다. 명분이 있으니 두 후작가에서도 아무런 태클을 걸어오지 못할 터였다. 트레모어 공작은 로이드가 마지막 승리를 거두기만을 눈이 빠지게 기다렸다.

"마지막 열 번째 대전입니다. 왕실 측에서는 대전에 응할 기사를 내보내 주십시오. 이번에도 로이드 경이 승리한다면 합의에 따라 세아트 평원은 트레모어 공작가로 귀속되게 됩니다."

그러나 왕실 측 진영에서는 좀처럼 기사가 나오지 않았다. 이미 근위 기사 전력은 모조리 절단이 난 상태였으며 왕족들은 휘하의 기사들을 출전시키려 하지 않았다. 나가 봐야 싸늘한 시신이 되어버릴 텐데 어찌 내놓을 수 있단 말인가?

그런데 왕실 인사들이 모인 자리에서 작은 소란이 벌어지고 있었다.

"지금 그게 말이나 되는 소리냐? 왕실의 운명을 한낱 외국인, 그것도 자유 기사에게 걸라는 말이냐? 지금 제정신인지 의심스럽구나."

고래고래 고함을 지르는 사람은 다름 아닌 베텔 왕국의 국왕인 하벤 2세였다. 잇따른 패배에 이어 세아트 평원을 빼앗길지도 모른다는 위기감으로 인해 신경이 잔뜩 곤두서 있었다. 질책을 받고 있는 이는 다름 아닌 해밀턴이었다. 주뼛거리며 다가가 한마디 내뱉은 말 때문에 이렇게 곤욕을 치르고 있는 것이다.

 로이드가 잇달아 승리를 거두자 관중석의 분위기는 한껏 고조되었다. 어차피 그들에겐 누가 이기든 아무런 상관이 없었다. 그러나 단 한 사람만은 그렇지 않았다.
 "어, 어떻게 저럴 수가 있지? 트레모어 공작가가 도대체 어떻게 블레이드 오너를 영업했을까?"
 심각한 표정으로 중얼거리는 사람은 해밀턴이었다. 제아무리 따돌림을 받는 처지라도 그는 엄연히 왕실의 사람이다. 그런 만큼 잇따른 패배에 근심하지 않을 수가 없었다.
 기사대전에서 패한다면 왕실은 세아트 평원을 트레모어 공작가에 넘겨주어야 한다. 그렇게 되면 왕실의 재정은 상상조차 하기 힘들 정도로 피폐해질 터였다.
 반대로 세아트 평원 전체를 손에 넣은 트레모어 공작가의 기세는 하늘 높은 줄 모르고 치솟을 것이다. 돈줄이 말라버린 이상 머지않아 베텔 왕국의 주인이 바뀔 것임은 의심할 여지가 없었다. 그렇게 되면 해밀턴의 운명 역시 바람 앞의 등불이 될 것이다. 나라의 주인이 바뀐다는 것은 곧 기존 왕족들에게 크나큰 수난이 닥친다는 것을 의미한다.
 바로 그때 리셀이 말을 걸었다.

가능성이 높을 거야."

해밀턴은 리셀을 데리고 관중석을 떠났다. 왕실 인사들이 자리 잡은 천막까지 어렵게 인파를 헤치고 가서 아버지에게 말을 건 것이다. 그러나 예상대로 하벤 2세는 불같이 진노했다.

"네놈이 지금 제정신이냐? 지금이 도대체 어떤 상황인데."

해밀턴은 아무런 변명도 하지 못하고 고개를 푹 수그리고 있었다.

'젠장, 러셀 녀석의 말을 믿은 내가 바보였지.'

바로 그때 구원의 손길이 닿았다. 왕족 간의 연락을 담당한 시종이 급히 다가온 것이다.

"큰일입니다, 전하. 더 이상 출전시킬 만한 기사가 없습니다."

그 말에 하벤 2세가 눈을 부릅떴다.

"무어라? 왕실에 기사가 그토록 많은데 출전시킬 기사가 없단 말인가?"

"기사를 출전시키고자 하시는 분이 아무도 없습니다. 게다가 근위 기사 중에서도 좀처럼 자원자를 찾을 수 없습니다."

"이런 고얀."

바람도 없는데 하벤 2세의 수염이 파들파들 떨렸다. 휘하

기사를 잃기 싫다는 이유로 말을 번복하는 왕족도 문제였지만 명색이 일국의 근위 기사로서 죽음이 두려워 기사대전에 자원하지 않겠다는 말은 하벤 2세를 더욱 분노하게 만들었다. 그러나 어쩔 것인가? 현재 하벤 2세의 입장에서는 아무나 한 명 골라 내보내야 할 실정이었다.

물론 선택된 기사는 나가서 죽는 것이 예정된 운명이었다. 그리고 최종적으로 이번 기사대전은 트레모어 공작가의 승리로 귀결될 것이다.

하벤 2세의 눈길이 닿자 몇 남지 않은 근위 기사들이 한껏 몸을 움츠렸다. 기사도 엄연히 사람인데 어찌 나가서 죽고 싶겠는가? 그 모습에 하벤 2세는 기가 차는 것을 느꼈다. 마음 같아서는 싹 물갈이를 해버리고 싶었지만 기사란 그리 쉽게 충원할 수 있는 존재가 아니었다.

"왕실이 트레모어 공작가에 밀리는 이유가 이번 기사대전을 통해 확실히 드러났군."

분노의 한마디를 툭 던진 하벤 2세가 해밀턴을 쳐다보았다.

"그래, 네 친구란 작자가 대신 나가서 죽어주겠다고 했단 말이지?"

어차피 나가서 죽을 거면 모르는 기사를 내보내는 게 나았다. 내놓은 자식 해밀턴이 소개하는 자라면 죽어도 아쉬울 것이 하나도 없었다. 고개를 든 해밀턴이 떠듬떠듬 변명을 했다.

"대신 나가서 승리를 거둬주겠다고 했습니다."

하벤 2세가 어처구니없다는 표정을 지었다.

"말만 들어도 기쁘군. 좋다, 허락할 테니 나가서 궁정 연무장에 자라는 잡초들의 밑거름이 되어달라고 해라."

하벤 2세가 꼴도 보기 싫다는 듯 몸을 돌렸다.

"머지않아 연무장에 잡초들이 무성하게 자라나겠군. 저 많은 피를 머금었으니 말이야."

"아, 알겠습니다."

왕실 측에서 좀처럼 기사가 나오지 않자 사람들이 웅성거렸다.

"왜 안 나오는 거지?"

"현실적으로 나가기만 하면 죽는데 내보낼 엄두를 낼 수 있겠어?"

왕실 측 분위기는 마치 상갓집과도 같았다. 두 눈 뜨고 세아트 평원을 빼앗기게 생겼으니 분위기가 가라앉을 수밖에 없었다.

반면 트레모어 공작가는 아예 잔치 분위기였다. 한 번만 더 이기면 세아트 평원을 완전히 차지할 수 있다. 세아트 평원에서 거둬들이는 풍성한 산물은 트레모어 공작가를 더욱더 살찌울 것이다. 그렇게 되면 베텔 왕국의 왕좌를 빼앗는 것은 일도 아니다.

로이드는 조바심내지 않고 차분히 마지막 상대를 기다리고 있었다.

'이번이 마지막이군. 한 놈만 더 처리하면 확실하게 트레모어 공작가에 자리를 잡을 수 있다.'

한동안 즐기지 못한 살육을 마음껏 할 수 있다는 생각에 손이 가늘게 떨려왔다.

잠시 후 진행자의 음성이 음성 증폭 마법에 실려 울려 퍼졌다.

"마침내 마지막 싸울 기사가 결정되었습니다. 그런데 특이하게도 베텔 왕국인이 아니라는군요. 이번에 왕실을 대신해서 싸울 기사는 아스트리아 출신의 자유 기사입니다. 이름은 리셀, 평민 출신이라 성은 없다고 합니다."

그 말에 귀족들이 술렁거렸다. 왕실의 명예를 걸고 싸우는 기사대전에 외국인을 내보내는 것은 유례가 없는 일이기 때문이었다.

"어째서 아스트리아의 기사가 나온 거지?"

"더 이상 기사를 잃기 싫었나 보군. 외국 출신의 자유 기사를 내보내다니 말이야. 일종의 용병으로 생각하면 되겠군."

진행자도 당황했는지 음성이 가늘게 떨리고 있었다.

"조항을 살펴본 결과 출전 자격에 아무런 하자가 없는 것으로 나왔습니다. 아스트리아 제국의 루카스 후작으로부터 서임받았으며 얼마 전 충성 서약을 철회하고 자유 기사로 풀려난 자입니다. 게다가 국적이 아스트리아인이지만 출신은 베텔 왕국입니다. 브란트 시에서 출생했다고 서류에 적혀 있습니다."

뜻밖의 상황에 트레모어 공작이 눈매를 가늘게 좁혔다.
"리셀? 설마."
리셀은 트레모어 공작에게 가명인 러셀이 아니라 본명을 밝혔다. 따라서 리셀이란 이름은 공작의 뇌리에 똑똑히 기억되어 있었다. 그가 친히 내쫓은 다음 후환을 없애기 위해 암살자까지 보냈으니 모를 리가 없었다.

무엇보다도 출생지가 브란트 시이며 아스트리아 제국의 루카스 후작에게 서임받은 사실까지, 한 치의 틀림도 없이 동일했다. 이번에 왕실을 대표해서 출전하는 기사는 자신과 마리아 사이에서 태어난 아들이 틀림없었다. 얼마 전에 찾아왔다가 내쫓긴 아들 말이다. 어처구니가 없었는지 트레모어 공작이 얼굴을 찡그렸다.

"당황스럽군. 암살자의 시체만 남겨놓고 흔적도 없이 사라져서 고민하고 있었는데 정작 놈이 브란트 시에 와 있었다니 말이야. 게다가 왕실을 대신해서 출전해? 아무래도 나에 대한 분노 때문에 정신이 나가버렸나 보군."

트레모어 공작의 입가에 비릿한 미소가 묻어나오고 있었다.

"내 마음을 흔들기 위해 목숨을 걸었나 보군. 출전하려는 기사들이 아무도 없을 테니 용케 나올 수 있었을 테고……. 아마 내 앞에서 죽는 모습을 보여주어 반감을 표현하려 하는 거겠지? 하지만 어림없는 일이지."

어차피 트레모어 공작에게 리셀이란 존재는 없어지는 것이 오히려 마음이 편한 아들 정도에 불과했다. 그가 싸늘한 미소를 지으며 소파에 등을 묻었다.

"그래. 로이드의 손에 조용히 사라지도록 해라. 네가 하는 처음이자 마지막 효도로 받아들이마."

반면 로이드는 믿기 힘들다는 듯 눈을 크게 뜨고 있었다.
"리셀? 그럴 리가? 명성이 자자한 블레이드 헌터가 어떻게 자유 기사 신분으로 베텔 왕국에 올 수 있겠어? 아마 동명이인일 거야."

검을 잡은 손이 자신도 모르게 덜덜 떨려왔다. 만약 이번에 출전할 기사가 자신이 생각하는 그가 맞다면 승산은 절대로 없었다. 블레이드 오너는 죽었다 깨어나도 블레이드 헌터를 이길 수 없기 때문이다.

"설마 루카스 후작가에서 최고의 비밀 병기인 블레이드

헌터를 자유 기사로 풀어주었겠어? 그럴 가능성은 희박해. 틀림없이 이름만 같은 다른 사람이야."

제10장
주군을 위해 널 처단하겠다

마지막 출전자로 결정된 리셀이 느릿하게 걸어 나왔다. 갑옷 하나 걸치지 않은 맨몸에 장검 두 자루만 달랑 허리에 차고 있었다. 그 모습에 사람들이 또다시 술렁이기 시작했다.

"햐! 이제는 아예 갑옷조차 입지 않고 나오는군. 블레이드 오너 흉내를 내려는가?"

"그게 아니야, 이 사람아. 갑옷을 입히기가 아까웠던 게지. 구멍이 숭숭 뚫린 갑옷을 수리하려면 오죽 돈이 많이 들겠는가?"

그러거나 말거나 리셀이 느릿하게 걸어 나왔다. 돌연 그가 눈을 빛냈다.

'대전장에 음성 증폭 마법이 펼쳐져 있다고 했었지? 정말 잘되었군.'

관객들이 기사들의 대화를 들을 수 있도록 대전장에는 마법사들이 마법을 걸어둔 상태였다. 그러나 지금까지 기사들은 별다른 대화를 나누지 않고 곧바로 혈전에 들어갔다. 때문에 음성 증폭 마법을 통해 관객들이 들을 수 있었던 것은 검 부딪히는 소리와 비명 소리뿐이었다.

로이드는 엉거주춤 서서 리셀을 쳐다보고 있었다. 가끔가다 고개를 갸웃거리는 것을 보니 뭔가를 심각하게 고민하고 있는 모양이었다. 리셀의 입가에 비릿한 미소가 떠올랐다.

"오랜만이로군."

그 말은 음성 증폭 마법을 타고 모든 사람들의 귀로 전달되었다. 리셀이 아는 체를 하자 사람들은 놀랐다. 설마 두 사람이 안면이 있다는 말인가?

로이드는 대답하지 않고 리셀의 얼굴만을 뚫어지게 쳐다보고 있었다. 마치 정체를 밝혀내겠다는 듯이 말이다. 서릿발 같은 리셀의 음성이 또다시 울려 퍼졌다.

"아그리아 공작가에 꽁꽁 박혀 있을 줄 알았더니 이곳까지 도망쳐 와서 숨어 있었군. 로이드? 부끄러운 줄 알아라. 부모가 지어준 카르멜이라는 이름을 버리고 가명을 사용하다니 말이야."

로이드의 얼굴이 참담하게 일그러졌다. 불길한 예감이 여지없이 맞아떨어졌던 것이다.

로이드의 정체는 다름 아닌 카르멜이었다. 록히드 백작가의 시종 출신으로 렌테리아 마탑에서 교육을 받고 블레이드 오너가 된 인물.

그러나 카르멜은 자신을 키워준 록히드 백작을 배신하고 아그리아 공작가에 몸을 담았다. 그리고 아그리아 공작의 밀명에 따라 리셀의 주군인 루카스 후작을 습격했다. 만약 리셀이 등장하지 않았다면 그는 아그리아 공작의 명령을 무난하게 완수할 수 있었을 것이다.

그러나 절체절명의 순간, 리셀이 등장했고 카르멜은 꽁지 빠지게 도주하고 말았다. 엎친 데 덮친 격으로 한 마법사의 기지로 인해 신분마저 드러나 버리고 말았다. 무사히 도망쳤지만 카르멜의 입지는 이미 좁아질 대로 좁아져 있었다. 그때까지 머물던 로니악 자작령에서도 더 이상 카르멜을 받아주지 않았다.

"이미 아스트리아 제국에 널리 지명 수배가 된 상황입니다. 혹시라도 카르멜이 제 영지에 머물고 있다는 사실이 알려진다면 로니악 자작가는 그날로 끝장입니다."

해서 카르멜은 오지로, 오지로 숨어들어가 지내야 했다. 지금까지 누리던 호사는 꿈도 꾸지 못했다. 혹시라도 소문이 난다면 즉각 황제의 친위 기사단이 들이닥칠 것이다. 왕실의 블레이드 오너 두 명을 앞세워서 말이다. 해서 카르멜은 그토록 좋아하던 살육과 여색도 멀리하고 꼭꼭 숨어 있어야 했다.

"지금은 자중해야 할 때다. 10년이고 20년이고 수배령이 풀릴 때까지 숨어 있어라. 힘들겠지만 참아야 한다."

그러나 인내심이 약한 카르멜에겐 하루하루가 고통스러운 나날이었다. 게다가 지극히 이기적인 성품의 카르멜은 모든 것을 아그리아 공작의 탓으로 돌렸다.

"젠장, 잘 좀 알아보고 투입할 것이지. 내가 지명 수배된 것은 모두가 아그리아 공작의 탓이야. 그가 아니었다면 내가 이런 꼴이 되지 않았을 거야."

술만 먹으면 공공연하게 이런 소리를 하고 다니는데 아그리아 공작가의 기사들이 좋게 생각할 리가 없었다.

그러다 결국 사고가 터졌다. 술에 취한 상태에서 기사들과 시비가 붙어 싸움이 벌어진 것이다. 그 과정에서 아그리아 공작가의 기사 네 명이 카르멜의 검에 세상을 하직하고 말았다.

"아그리아 공작가와의 인연도 여기서 끝났어."

아그리아 공작이 불호령을 내릴 것을 우려한 카르멜은 도망치기로 결정했다. 그러나 그는 그냥 떠나가지 않았다. 그를 숨겨주던 영지의 영주를 비롯해 그의 가족과 하인들을 모조리 학살해버린 다음 그는 영주의 금고를 털어 그곳을 떠났다. 한 번 주군을 배신한 만큼 두 번 배신하는 것은 그리 어렵지 않았다.

"아스트리아 제국은 안 돼. 다른 나라에 가서 새로운 신분으로 출발해야 해."

영주의 금고를 털어 주머니 사정이 넉넉했기에 그는 암흑가에 숨어들어 신분 세탁을 했다. 도둑 길드로부터 몰락 귀족의 신분을 사들여 위장했던 것이다. 트레모어 공작에게 소개한 스펠만 백작가의 신분은 바로 그렇게 해서 손에 넣었다.

원래 카르멜은 아스트리아 제국의 영향력이 닿지 않는 머나먼 타국으로 가려고 했다. 그러나 베텔 왕국을 지나치다 트레모어 공작령에서 붙들렸던 것이다. 트레모어 공작의 양자 제의를 받고 카르멜은 한참 고민했다.

'어떻게 하지? 베텔 왕국은 아스트리아 제국과 지나치게 가까운데 말이야.'

그러나 고민은 길지 않았다. 카르멜로서는 고위 귀족의 양자가 될 수 있는 절호의 기회를 던져버릴 수 없었다.

카르멜의 성품을 알고 있는 록히드 백작은 단 한 번도 그런 제안을 해오지 않았다. 카르멜을 아들로 받아들이는 것은 품속에 독사를 키우는 것이나 마찬가지였기 때문이었다.

트레모어 공작의 양자가 된 이후, 일은 매우 순탄하게 흘러갔다. 물론 이미지 관리를 철저히 해야 했지만 카르멜은

꾹 눌러 참았다.

 그런데 막상 최후의 순간에 정체가 여지없이 드러나 버린 것이다. 카르멜이 교활하게 눈을 굴리며 빠져나갈 틈을 찾았다.

 '싸워서는 안 돼. 내가 블레이드 헌터를 이길 가능성은 희박해. 기회를 보아 도망쳐야 해.'

 그러나 생각은 길게 이어지지 않았다. 리셀이 망설임 없이 쌍검을 휘두르며 달려들었던 것이다. 이미 그는 카르멜의 속셈을 훤히 꿰뚫고 있었다.

 "도망칠 수 있을 것이라 생각했나?"

 카르멜이 깜짝 놀라 몸을 뺐다. 그의 몸이 흐릿해지더니 그 자리에서 사라졌다. 블레이드 오너의 빠른 몸놀림은 역시 명불허전이었다. 그러나 그는 알지 못했다. 리셀이 이미 만반의 준비를 해 둔 상태란 것을 말이다.

 리셀은 나오기 전에 온몸의 마나를 활성화시킨 상태였다. 때문에 시작하자마자 두 자루의 장검이 무지갯빛으로 영롱하게 물들었다.

 파츠츠츠.

 이미 리셀에겐 루드비히의 기습에 큰 부상을 입었던 경험이 있다. 한 번 겪은 실수를 또다시 되풀이할 리셀이 아니었다.

왕실을 대표해서 마지막으로 나온 기사의 검이 무지갯빛으로 빛나자 관객들이 입을 딱 벌렸다. 한 자루도 아니고 두 자루의 검에 빛나는 검이 생겨난 것이다.

"뭐, 뭐야? 설마 저 기사도 블레이드 오너란 말이야?"

"평생 가야 한 번 볼까 말까 한 블레이드 오너를 또다시 보다니 꿈만 같군."

애당초 카르멜은 리셀에게 맞서 싸울 생각이 전혀 없었다. 블레이드 오너의 빠른 몸놀림을 활용하여 필사적으로 도망칠 생각이었다.

'싸워 봐야 필패야. 어떻게든 이곳을 빠져나가 다른 나라로 도주해야 해. 트레모어 공작가와의 인연도 여기까지야.'

그러나 리셀은 만반의 준비를 마친 상황이었다. 카르멜의 모습이 사라지자 리셀이 감각을 확장시켜 그의 종적을 찾았다. 카르멜의 움직임은 금세 걸려들었다. 마나를 순환시키면 보통 사람과 비교도 할 수 없을 정도로 감각이 예민해지기 때문이다.

'뒤, 11시 방향이다.'

생각하자마자 몸을 돌린 리셀이 발끝으로 마나를 폭발시켰다. 그러자 리셀의 몸이 시위를 떠난 화살처럼 쏘아졌다. 인간이 내는 속도라 믿기지 않을 만큼 빠르게 접근하는 리셀을 보자 카르멜이 화들짝 놀랐다.

"헉. 뭐, 뭐야?"

그가 엉겁결에 검을 들어 막았다. 그러나 리셀의 어깨에는 마나가 한껏 주입되어 있었다.

콰아앙.

격돌한 순간 카르멜은 검을 놓쳐버렸다. 손이 저릴 정도로 강력한 충격이 가해졌기에 버틸 수 없었다. 검을 잡은 손아귀가 찢어져 피가 철철 흘러내리고 있었다. 검을 쳐 낸 리셀은 망설임 없이 카르멜의 앞가슴에 차지 공격을 가했다.

콰아앙.

엄청난 폭음과 함께 카르멜의 몸이 세차게 뒤로 튕겨졌다. 발끝에 마나를 집중시킴으로써 발생한 탄력에 더해 어깨에도 한껏 마나를 응축시킨 공격이었다. 한낱 인간의 몸으로 감당할 수 있는 충격이 아니었다. 비록 그게 블레이드 오너라고 해도 말이다.

대전장 벽에 맹렬하게 내동댕이쳐진 카르멜이 피를 토했다. 그런데 그의 다리가 비정상적인 각도로 꺾여 있었다. 한눈에 보아도 뼈가 으스러진 것이 틀림없었다. 블레이드 오너의 빠른 몸놀림을 봉쇄하기 위해 리셀이 차지 공격을 가함과 동시에 검 면으로 다리를 후려갈겨버린 것이다.

대전장은 조용해졌다. 그들의 눈에는 두 사람의 움직임이 보이지도 않았다. 뭔가가 번쩍거리더니 굉음이 울려 퍼졌고 누군가가 대전장 벽에 처박혔다. 놀랍게도 다리가 부러진 채 피를 토하는 사람은 조금 전까지만 해도 압도적인 무위를 보여주던 블레이드 오너 로이드였다. 로이드 앞에 버티고 선 리셀의 눈에서는 광망이 토해지고 있었다.

"도망칠 수 있을 것이라 생각했었나? 주군을 건드린 이상 지옥 끝까지라도 쫓아갈 생각이다."

카르멜의 얼굴에 체념한 표정이 떠올랐다. 다리가 부러진 이상 도망치는 것은 불가능했다.

"여, 역시 블레이드 헌터의 위력은 명불허전이로구려. 그토록 빠르게 움직였는데도 정확하게 공격하다니 말이오. 이처럼 허무하게 당할 줄은 몰랐소."

음성 증폭 마법을 통해 울려 퍼진 카르멜의 한마디는 관전하던 사람들을 충격에 빠뜨리기에 모자람이 없었다.

"블레이드 헌터? 서, 설마 저 젊은 기사가 블레이드 헌터란 말이야?"

"세, 세상에. 블레이드 헌터가 블레이드 오너를 쥐 잡듯 잡는다는 소문이 사실이었군. 순식간에 박살내어버리다니 말이야."

무려 아홉 명의 기사를 저세상으로 보낸 로이드를 눈 깜짝할 사이에 제압해버린 모습을 볼 때 블레이드 헌터인 것은 틀림이 없었다.

뜻밖의 상황에 트레모어 공작의 얼굴이 핼쑥해졌다.
"서, 설마 블레이드 헌터라니?"
로이드의 입으로부터 나온 말이라 의심할 수도 없었다. 그렇다면 자신은 블레이드 헌터가 되어 돌아온 아들을 내친 것도 모자라 입을 막기 위해 암살자까지 보냈단 말인가? 충격으로 인해 트레모어 공작의 손이 덜덜 떨리고 있었다.

국왕인 하벤 2세 역시 덩달아 충격을 받았다. 그가 급히 해밀턴을 쳐다보았다.
"네, 네가 데리고 온 자가 설마 블레이드 헌터였느냐?"
해밀턴도 충격에 휩싸인 건 마찬가지였다. 그저 좋은 술 친구로만 생각했는데 상상도 하지 못했던 비밀을 감추고 있었다. 그가 당혹한 얼굴로 리셀을 노려보았다.
'저 자식 정체가 도대체 뭐야?'
그러나 속내를 국왕 앞에서 털어놓을 순 없는 법이다. 떨리는 마음을 겨우 진정시킨 해밀턴이 떠듬떠듬 설명을 했다.
"그, 그렇습니다. 로이드를 확실하게 처리해주겠다고 장담해서 전하께 추천했습니다."
"아, 아까 얼핏 들은 바로는 친구라고 한 것 같은데, 사실이냐?"
그 말에 해밀턴이 자랑스럽게 가슴을 쭉 폈다.

"사실입니다. 저는 이미 그 녀석과 수십 통의 술을 비운 사이입니다."

하벤 2세는 벌어진 입을 도무지 다물지 못했다. 신경도 쓰지 않던 자식인 해밀턴이 커다란 공을 세운 것이다. 세상에 소문이 자자한 블레이드 헌터를 영입해 온 공은 실로 엄청나다고 볼 수 있었다.

관객들이 웅성거리는 사이 리셀의 음성이 음성 증폭 마법에 실려 널리 울려 퍼졌다.

"네 녀석은 공개적으로 아스트리아 제국에 수배된 범죄자다. 황제 폐하께서는 네놈을 반드시 산 채로 붙잡아오라고 하셨지."

그 말에 카르멜의 얼굴에 생기가 떠올랐다. 산 채로 붙잡아오라고 했다면 살려두고 써먹을 구석이 있다는 말이다. 그러나 이어진 리셀의 말에 그의 안색은 흙빛이 되어버렸다.

"그러나 나는 그러지 않을 것이다. 네놈은 감히 나의 주군이신 루카스 후작 각하의 목숨을 노린 불경을 저질렀다. 한때 루카스 후작가에 적을 두었던 기사로서 주군의 명예를 위해 네놈을 처단하겠다."

"자, 잠깐."

카르멜이 급히 손을 들었지만 리셀은 망설이지 않았다.

쌍검이 무지갯빛으로 번쩍이는 순간 허공에 자욱하게 핏줄기가 솟구쳤다.

턱 데굴데굴.

눈을 부릅뜬 머리통 하나가 바닥에 떨어지더니 데굴데굴 굴러갔다. 리셀이 불문곡직하고 검을 휘둘러 목을 쳐버린 것이다.

가공할 무위를 보여주었던 블레이드 오너 로이드는 그렇게 해서 어이없이 저세상에 가버렸다. 저벅저벅 걸어간 리셀이 검으로 카르멜의 머리통을 꿰어 들어 올렸다. 그리고는 눈을 크게 뜨고 있는 하벤 2세를 향해 몸을 돌렸다.

"국왕 전하께 한 가지 간청을 드리겠습니다."

그 말에 겨우 정신을 수습한 하벤 국왕이 떠듬떠듬 입을 열었다. 대기하고 있던 마법사가 잽싸게 음성 증폭 마법을 걸었기에 리셀의 귀에 똑똑히 들렸다.

"마, 말해 보시오."

상대가 대륙 전체에 떠들썩하게 명성을 떨친 블레이드 헌터였기에 하벤 국왕은 감히 하대를 할 엄두를 내지 못했다.

"이 자는 아스트리아 제국에 공개적으로 지명 수배된 범죄자이며 제가 모시던 주군의 목숨을 노린 불측한 자입니다. 그러니 제가 이 자의 수급을 가지고 가는 것을 허락해 주십시오. 한때 저의 주군이셨던 루카스 후작 각하께 바칠 것입니다."

하벤 2세가 생각할 것도 없다는 듯 흔쾌히 고개를 끄덕였다.

"허락하오. 공개적으로 수배된 범죄자라면 거부할 명분이 없지."

"성은에 감사드립니다."

그때 하벤 국왕이 질문을 던져왔다.

"그대가 정녕 아스트리아 제국을 위진시킨 블레이드 헌터가 맞소?"

리셀이 묵묵히 고개를 끄덕였다.

"그렇습니다. 루카스 후작가에 제2, 제3의 블레이드 헌터가 육성되고 있지만 현재 존재하는 블레이드 헌터는 제가 유일합니다."

"내가 듣기로 블레이드 헌터는 루카스 후작가가 자랑하는 최고의 기사로 알고 있소. 그런데 어찌하여 그대가 자유기사 신분으로 우리 베텔 왕국에 와 있는 거요."

차분하게 심호흡을 한 리셀이 트레모어 공작가의 진영으로 고개를 돌렸다. 트레모어 공작은 지금 잔뜩 핏발이 선 눈으로 리셀을 노려보고 있었다. 무심한 표정으로 그로부터 시선을 거둔 리셀이 입을 열었다.

"전하의 말대로 저는 루카스 후작가의 기사였습니다. 그러나 저는 어렵게 주군께 부탁을 드려 충성 서약을 철회받았습니다. 자유 기사 신분으로 해야 할 일이 있었기 때문입니다."

하벤 국왕의 얼굴에 짙은 호기심이 떠올랐다.

"혹시 그 이유를 내가 좀 알 수 있겠소? 아, 대답하기 힘들면 안 해도 되오."

"굳이 감출 이유가 없다고 생각합니다. 저는 친부를 찾아 베텔 왕국에 왔습니다. 저는 아스트리아의 기사가 되기 이전에 브란트 시에서 태어난 베텔 왕국 사람이었습니다."

대전장에 운집한 사람들은 충격에 휩싸였다. 느닷없이 등장한 블레이드 헌터가 블레이드 오너를 죽인 것도 놀랄 일이다. 그런데 블레이드 헌터가 베텔 왕국 출신이었다고 하지 않는가?

"정녕 반가운 일이구려. 제국을 위진시킨 블레이드 헌터가 베텔 출신이라니, 국왕으로서 자부심이 느껴지는구려."

리셀의 입을 통해 충격적인 말이 계속 흘러나왔다.

"사실 제 어머니는 궁정의 붉은 레이스 시녀이셨습니다."

그 말에 사람들이 또다시 웅성거리기 시작했다. 어찌 보면 이것은 치부로 볼 수 있는 일이다. 많은 사람들 앞에서 쉽사리 발설할 수 있는 사실이 아니었다. 그럼에도 불구하고 리셀은 태연히 어머니의 과거 신분을 밝히고 있었다.

자고로 압도적인 힘 앞에는 모든 것이 용서받기 마련이다. 어머니가 고급 창녀나 다름없는 붉은 레이스 시녀였다고 해서 누가 블레이드 헌터를 얕잡아볼 수 있을 것인가?

당황한 듯 하벤 국왕의 입매도 떨리고 있었다.

"정말 놀라운 사실이구려."

"어머니는 임종하시기 직전 유언으로 아버지의 이름을 남기셨습니다. 그래서 저는 자유 기사 신분이 되어 루카스 후작가를 떠났습니다. 만약 아버지가 절 아들로 인정해 준다면 그분을 위해 저의 빛나는 검을 바치리라, 그렇게 마음먹고 말입니다."

그 말이 끝나는 순간 모인 귀족들이 침을 꿀꺽 삼켰다. 블레이드 헌터의 빛나는 검을 얻을 수 있다면 무엇을 마다하겠는가? 심지어 몇몇 귀족들은 자신이 블레이드 헌터의 친부일지도 모른다고 주장하려 하고 있었다.

'이 기회를 놓칠 순 없어. 이래 봬도 궁정의 붉은 레이스 시녀를 상당히 많이 품어 보았단 말이지.'

'블레이드 헌터의 빛나는 검을 거둬들일 수 있다면 뭐든 못 하겠어?'

꿍꿍이를 품은 귀족들의 귀로 국왕의 음성이 울려 퍼졌다.

"그래, 실례지만 아버지를 찾았소?"

리셀이 살며시 웃으며 고개를 흔들었다.

"애석하게도 찾지 못했습니다. 어머니께서 거명한 사람을 만나긴 했지만 그는 제가 아들이 아니라고 단언했습니다."

귀족들은 놀라지 않을 수가 없었다. 설마 블레이드 헌터를 내치는 멍청한 귀족이 베텔 왕국에 존재할 줄은 몰랐다. 그 순간 트레모어 공작의 안색이 핼쑥해진 사실은 아무도 알아차리지 못했다.

"그게 도대체 말이나 되는 소리야?"

"블레이드 헌터를 내치다니 제정신이 아닌 게로군."

 국왕 역시 놀란 듯 입을 다물지 못했다. 자신이었다면 설사 다른 자식들을 모조리 내쫓는 한이 있더라도 블레이드 헌터를 아들로 인정했을 것이다.

"아버지를 찾지 못해 실의에 빠져 있을 때, 아주 우연한 계기로 해밀턴 왕자와 만나 친교를 맺게 되었습니다. 그리고 그와 함께 우연히 찾은 이곳 대전장에서 저 로이드라는 가명을 쓴 아스트리아 제국의 수배자를 발견하게 된 것입니다. 해서 저는 제국의 범죄자를 처단하기 위해 친구인 해밀턴 왕자에게 부탁을 했습니다. 제가 출전할 수 있도록 허락해 주신 점에 대해 전하께 진심으로 감사드립니다."

 말을 마친 리셀이 몸을 돌려 트레모어 공작 가문 진영을 쳐다보았다.

"이왕 기사대전에 나왔으니 끝까지 마무리를 해드리겠습니다. 친구인 해밀턴 왕자와 출전을 허락해주신 전하를 위해서 말입니다."

"정말 고맙소. 그렇다면 손에 든 범죄자의 머리통을 시종에게 맡겨주시오. 썩지 않도록 방부 처리해서 보관해 두겠소."

국왕이 손짓을 하자 시종 한 명이 나무 상자를 들고 달려왔다.

"전하의 배려에 감사드립니다."

목례를 한 리셀이 공손히 허리를 숙인 시종에게 카르멜의 머리통을 건넸다. 시종은 즉시 머리통을 나무 상자에 넣었다. 상자 안에는 소금이 가득 채워져 있었다. 손이 자유로워지자 리셀이 진행자를 쳐다보았다.

"기사대전을 속행해주십시오. 제가 베텔 왕실을 대표해서 계속 싸울 것입니다."

한동안 중지되었던 기사대전이 다시 시작되었다. 승리를 목전에 둔 마지막 순간, 불의의 일격을 당한 트레모어 공작 진영에서 네 번째 기사가 걸어 나왔다. 블레이드 헌터와 싸워야 한다는 긴장감 때문인지 다리가 가늘게 떨리고 있었다.

"시합을 속개하겠습니다. 왕실을 대표해서 나오신 분은 이미 발표되었듯 아스트리아 제국의 블레이드 헌터 리셀 경입니다. 그리고 그에 맞서 싸울 트레모어 공작가의 기사는……."

진행자의 소개가 끝나고 대결이 시작되었다. 그러나 대결은 시작하자마자 끝나버렸다.

파아앗.

두 기사가 교차하는 순간 허공으로 한 줄기 핏줄기가 솟구쳤다. 맞붙자마자 심장이 꿰뚫린 트레모어 공작가의 기사가 휘청거리다 그 자리에 쓰러졌다. 그의 검은 리셀의 몸을 건드려보지도 못했다. 리셀이 그 정도로 빠르게 검을 휘두른 것이다. 이렇게 빨리 승부가 결정될 줄 몰랐던지 진행자가 떠듬거렸다.

"와, 왕실 측이 승리했습니다. 트레모어 공작가에서는 다음 기사를 내보내주십시오."

그러나 사정은 마찬가지였다. 굳은 표정으로 걸어 나온 다음 기사 역시 시작하자마자 피를 뿜으며 나동그라졌다. 리셀의 빛나는 검은 방패와 판금갑옷을 가볍게 꿰뚫고 상대에게 치명상을 안겨주었다.

"크아악."

패배한 기사가 흘린 피가 채 식기도 전에 그 위에 다음 기사의 피가 뿌려졌다. 그나마 트레모어 공작 가문의 기사들은 죽음을 두려워하지 않았다. 맞붙자마자 죽는다는 사실을 알면서도 망설이지 않고 출전했다.

그러나 리셀은 흔들림 없는 태도로 트레모어 공작가 기사들을 죽여 나갔다. 딱히 트레모어 공작가에 원한을 가진 것은 아니었다. 생존자가 많은 쪽이 승리한다는 기사대전의 규칙 때문이었다.

'왕실의 생존자는 나 하나뿐이야. 기사대전에서 승리하려면 트레모어 공작 가문 기사들을 모두 죽여야 해.'

그 어떤 기사도 리셀의 일검을 막아내지 못했다. 블레이드 오너처럼 몸놀림이 빠른 것도 아니었다. 그러나 리셀이 내뻗은 검은 교묘하게 허점을 파고들어 와 치명상을 안겨주었다.

트레모어 공작 가문의 기사들은 한 번의 방어도 성공하지 못했다. 검이 교차하는 순간 여지없이 피를 뿌리며 나동그라지는 것이다.

결국 마지막 기사가 검에 관통당한 목을 붙잡고 힘없이 무릎을 꿇었다. 기사의 얼굴이 대전장 바닥에 처박히는 순간 진행자의 음성이 울려 퍼졌다.

"승부가 확실하게 결정되었습니다. 왕실 측 생존자는 한 명, 반면 트레모어 공작가에서 출전시킨 기사는 모두 죽었습니다. 따라서 이번 기사대전은 왕실 측에서 승리했음을 공표합니다."

곧이어 공증인인 두 명의 후작이 일어나서 왕실의 승리를 선언했다. 왕실과 공작 가문 사이에 벌어진 말도 안 되는 기사대전은 결국 이렇게 결말이 나고 말았다.

리셀은 느릿하게 걸어서 왕실의 진영으로 돌아왔다. 베텔 왕국의 왕족들이 선망의 눈빛으로 리셀을 쳐다보고 있었다.

절체절명의 위기에 짠하고 등장해서 문제를 해결해 주었으니 당연히 고마울 수밖에 없다.

리셀은 가장 먼저 하벤 국왕에게 다가가 예를 취했다.

"전하의 허락 덕분에 기사대전을 무사히 마무리할 수 있었습니다. 다시 한 번 머리 숙여 감사드립니다."

고개를 숙이는 리셀의 몸에는 단 한 방울의 핏방울도 묻어 있지 않았다. 여덟 명의 기사를 저 세상으로 보내고도 이토록 멀쩡하다면 도대체 실력이 얼마나 뛰어나다는 말인가? 리셀의 공을 치하하는 하벤 국왕의 음성은 가늘게 떨리고 있었다.

"정말 고맙소. 경은 한마디로 우리 베텔 왕실의 은인이오."

이미 세아트 평원을 잃었다고 간주했었다. 트레모어 공작가에서 블레이드 오너를 영입한 것을 알아차린 순간 모든 것이 끝났다고 여겼다. 그런데 전문적으로 블레이드 오너만을 사냥하는 블레이드 헌터가 등장해 상황을 역전시켜 버렸다.

그리고 블레이드 헌터는 블레이드 오너에게만 강한 것이 아니었다. 그 뒤로 출전한 트레모어 공작 가문의 기사들을 모조리 꺾었다. 그것도 단 한 칼씩만을 써서 전부를 저세상으로 보내버린 것이다. 그리고 나서도 숨결 하나 거칠어지지 않았고 몸에 핏방울 하나 튀지 않았으니 놀라지 않을 도리가 없다. 국왕의 옆에서 격앙된 음성이 흘러나왔다.
"너, 너 도대체 누구야?"
눈을 부릅뜬 해밀턴의 한마디였다. 그 말에 하벤 국왕의 분노가 폭발했다.
"리셀 경에게 이 무슨 망발이냐? 당장 사과하지 못하겠느냐?"
리셀이 그게 아니라는 듯 고개를 흔들며 다가가 해밀턴의 어깨에 손을 올렸다.
"괜찮습니다, 전하. 친구 사이인데 뭐 어떻습니까?"
하벤 국왕은 꿀 먹은 벙어리가 되어버렸다. 블레이드 헌터가 먼저 나서서 친밀감을 표현하는데 더 이상 해밀턴을 꾸짖기도 뭐했다. 그 순간 리셀은 딴생각을 하고 있었다.
'후훗, 그래도 아버지 앞이라 해밀턴이 말을 많이 순화시켰군. 다른 자리였다면 분명히 이렇게 말했을 거야. 너 이 새끼 도대체 정체가 뭐야, 라고…….'
평소 해밀턴의 언행을 떠올리면 안 봐도 뻔했다. 리셀이 웃으며 해밀턴의 어깨를 짚은 손에 힘을 주었다.
"가서 한잔해야지. 오랜만에 싸웠더니 목이 컬컬하다."
"그, 그러자. 내가 특별히 고급술을 대접하마."
바로 그때 하벤 국왕이 끼어들었다.
"리셀 경을 어디서 모시고 있느냐?"
"예. 임시로 정보부 건물에서 함께 기거하고 있습니다."

그 말을 들은 하벤 국왕이 눈을 부릅떴다.

"말도 안 되는 소리. 최고의 귀빈을 그런 허름한 곳에서 머물게 할 순 없다."

그가 급히 손을 들어 시종을 불렀다.

"당장 최고 등급의 영빈관을 준비하도록 하라. 귀빈에겐 그에 맞는 대우를 해야 하는 법이다."

"알겠사옵니다. 전하."

달려가는 시종에게서 시선을 거둔 하벤 국왕이 이번에는 해밀턴을 쳐다보았다.

"너도 함께 영빈관에 머물도록 하라. 내 특별히 좋은 술을 듬뿍 보내도록 하겠다."

리셀이 싱긋 웃으며 예를 취했다.

"전하의 성은에 다시 한 번 감사드리옵니다."

"별말씀을……. 내 집처럼 편히 쉬도록 하시오."

기사대전은 그렇게 해서 종결되었다. 운집한 귀족들은 자신의 영지를 향해 다시금 발길을 돌렸다. 그러나 그들의 얼굴은 하나같이 흥분으로 달아올라 있었다. 평생 가야 한 번 볼 수 있을까 의심스러운 세기의 대결을 보았으니 그럴 수밖에 없었다. 아마 그들에겐 영지로 돌아가서 가신들에게 해줄 이야깃거리가 매우 풍부할 터였다.

"햐! 정말 운이 좋군. 소문으로만 듣던 블레이드 오너와 블레이드 헌터의 대결을 보게 되다니 말이야."

"일반 기사들은 그들에게 전혀 상대가 되지 못했어. 역시 인간의 한계를 초월한 초인들이야."

"블레이드 헌터, 정말 이름 잘 지었군. 직접 보니 그런 이름이 왜 붙었는지 충분히 알겠어."

"직접 보니 블레이드 오너는 블레이드 헌터 앞에서 한마디로 고양이 앞의 쥐 신세였어. 아예 저항할 생각조차 하지 못하더군."

남겨진 병사들이 대전장에 흥건한 핏자국 의에 흙을 퍼서 덮기 시작했다.

해밀턴은 영빈관에 들어가자마자 본색을 드러냈다. 리셀의 멱살을 움켜쥔 해밀턴이 사납게 으르렁거렸다.

"너, 너 이 자식, 도대체 정체가 뭐야? 어서 불지 못해!"

그러나 리셀이 슬며시 허리춤에 손을 가져가자 그는 화들짝 놀라 뒤로 물러났다.

"설마 친구에게 검을 휘두르려는 것은 아니겠지?"

리셀이 싱긋 웃으며 고개를 흔들었다.

"그럴 리가 있겠어? 옷차림이 흐트러져서 고치려던 것뿐이라고."

"아무튼 날 놀리다니 용서할 수 없어. 내가 얼마나 놀랐는지 알아?"

리셀이 쓴웃음을 지으며 해밀턴을 달래주었다.

"그동안 기회가 없어서 말하지 못했을 뿐이야. 그리고 내가 장담했잖아? 나가기만 한다면 로이드, 아니 카르멜을 무난히 처리할 수 있다고 말이야."

해밀턴이 와락 얼굴을 일그러뜨렸다.

"젠장맞을……. 허풍인 줄 알았더니 사실이었군. 모처럼 친구 삼은 녀석이 설마 블레이드 헌터일 줄은 몰랐어."

"내가 밝혔더라도 일절 믿지 않았을 것 아냐. 어쨌거나 잘 해결되었으니 다행이지."

바로 그때 시종들이 들어왔다. 하나같이 큼지막한 통을 어깨에 짊어지고 있었다. 그것을 보자 해밀턴의 눈이 커졌다.

"저런 고급술을 보내시다니 믿을 수가 없군. 통의 상태를 보니 족히 이삼십 년은 묵은 술 같아. 헛, 저건 무려 오십 년이 넘었잖아?"

왕실의 위기를 구원해 준 것이 고마웠는지 하벤 국왕은 고급술을 아낌없이 보내주었다. 쌓이는 통들을 보며 리셀이 입맛을 다셨다.

"맛이 어떨지 궁금해 죽겠군. 예전에는 술맛을 전혀 알지 못했는데 말이야. 쓰기만 한 것을 왜 먹는지 도저히 이해하지 못했지."

"쯔쯔. 이제야 술맛을 알게 되었다니 한마디로 애송이로군. 이 형님은 십대 때부터 술맛을 달게 느꼈다고……."

조심스럽게 통을 매만지던 해밀턴이 또다시 리셀을 쳐다보았다.

"그나저나 소문이 자자한 블레이드 헌터를 친구로 삼았다는 것이 도무지 실감이 나지 않아. 설령 드래곤을 친구로 삼았더라도 이렇게 놀라지 않았을 거야."

리셀의 입가에 미소가 떠올랐다.

"드래곤 한 마리 소개해줄까? 너랑 성격이 비슷해서 잘 맞을 것 같은데 말이야."

그 말에 해밀턴이 퉁명스럽게 쏘아붙였다.

"제길. 또 허풍이냐? 네가 블레이드 헌터라는 사실은 인정하지만 허풍 좀 작작 좀 떨어. 드래곤이 도대체 어떤 존재인데 친구로 소개시켜준다는 말이야?"

리셀이 쓴웃음을 지으며 입을 닫았다.

'사실인데 전혀 안 믿는군. 그나저나 궁금해 죽겠어. 아슈레인을 소개시켜 주면 이 녀석이 도대체 어떤 반응을 보일지 말이야.'

그때 해밀턴이 눈매를 지그시 모으며 리셀을 쳐다보았다.

"그런데 성격이 비슷하다는 말이 마음에 걸리는군. 도대체 내 성격이 어떻기에 그런 말을 하는 거야?"

"생각이 없다는 것이 똑같아. 머지않아 만나게 해줄 테니 기대해도 좋아."

"뭐라고? 너 이 자식, 말 다했어?"

그러나 리셀과 해밀턴은 술독에 빠져들지 못했다. 전혀 예상하지 않은 손님이 찾아왔기 때문이었다.

"트레모어 공작가의 공작 영애 두 분이 찾아오셨습니다. 만나보시겠습니까?"

시종의 말에 리셀이 눈매를 가늘게 좁혔다. 설마 트레모어 공작가에서 사람을 보냈을 줄은 전혀 예상하지 못했다. 해밀턴 역시 당황했는지 눈을 크게 떴다. 그러나 그는 금세 분통을 터뜨렸다.

"젠장. 블레이드 헌터라는 사실이 밝혀지니 회유하기 위해 수단 방법을 가리지 않는 게로군. 참으로 가증스러운 작자임이 틀림없어."

격양된 어조로 욕설을 퍼붓던 해밀턴이 깜짝 놀라 리셀의 눈치를 살폈다. 어쨌거나 트레모어 공작이 리셀의 생부인 것은 사실이다. 그러나 리셀은 전혀 동요하지 않았다.

"트레모어 공작 영애? 그녀들이 도대체 왜 날 찾아왔지?"

"왜긴 왜겠어? 틀림없이 널 회유하러 찾아왔겠지. 오빠, 오빠 하고 살랑거리면서 말이야."

"트레모어 공작과 나는 이미 돌이킬 수 없는 강을 건넜어. 굳이 날 회유하려 할 것 같지는 않은데? 그에게도 자존심이 있을 테니 말이야."

"뭘 모르는군. 귀족들은 가문의 이익을 위해서는 수단 방법을 가리지 않아. 내가 아는 트레모어 공작의 성격이라면 네 앞에 무릎을 꿇고도 남을 작자야."

돌연 해밀턴의 표정이 심각해졌다.

"혹시 그에게 돌아갈 마음이 조금이라도 있는 거야?"

리셀이 냉랭한 얼굴로 고개를 가로저었다.

"아니, 난 그를 아버지로 인정하지 않아. 일단 찾아왔다니 만나보기는 하지."

"흠. 이거 걱정되는데."

그러나 말과는 달리 해밀턴은 순순히 자리를 비켜주었다.

잠시 후 두 명의 젊은 여인이 시종의 안내를 받고 들어왔다. 하나는 스물 안팎으로 보였고 하나는 열대여섯 정도밖에 안 될 정도로 어렸다. 리셀을 보는 순간 그녀들의 눈빛이 파르르 떨렸다. 생김새가 자신들과 정말 동일했기 때문이었다.

보기 좋은 은발에 초록빛 도는 푸른 눈동자. 은발이 흔한 베텔 왕국에서도 쉽게 찾아보기 힘든 외형적 특징이다. 넋이 나간 듯 멍하게 리셀을 쳐다보던 여인이 퍼뜩 정신을 차렸다.

"만나서 반가워요, 리셀 오빠. 전 에너벨이에요."

"전 새틴이에요. 반신반의했는데 직접 만나보니 친혈육이라는 사실을 명확히 알겠군요."

그러나 리셀은 무표정한 얼굴로 고개를 흔들었다.

"나에겐 여동생이 없소. 그러므로 날 오빠로 부르는 것은 도리에 맞지 않소."

부인에도 불구하고 두 여인은 집요하게 리셀을 오빠로 불렀다.

"아버지께 분노한 것은 충분히 이해해요. 저라도 그랬을 테니까요."

"당시 아버지께서는 무척 후회하셨어요. 가문의 명예를 위해 자식에게 못 할 짓을 했다고 말이에요."

리셀은 여전히 표정 변화 없이 조용히 듣기만 했다. 딱딱하게 굳은 얼굴 뒤로 무슨 생각을 하는지 아무도 모를 터였다.

"아버지를 너무 원망하지 마세요. 그분도 무척 괴로워하셨어요."

"어쨌거나 만나서 정말 반가워요. 이렇게 믿음직스러운 오빠가 세상에 존재하다니 믿을 수가 없군요."

짐짓 손수건을 꺼내어 눈물을 훔치는 시늉을 하는 새틴이었다. 그러나 리셀은 그것을 보며 딴생각을 하고 있었다.

'아무래도 내가 트레모어 공작으로부터 받은 것은 오로지 외모뿐인 것 같군. 참으로 이질감이 느껴지는 성격이야.'

만난 지 얼마 되지 않았지만 리셀은 두 여인의 성품이 어떤지 훤히 꿰뚫어보았다. 그녀들의 성격은 그야말로 아버지인 트레모어 공작과 꼭 닮아 있었다. 달면 삼키고 쓰면 뱉는, 그리고 목적을 위해서는 굴욕마저도 감수하는 이기적인 성품. 고지식하고 우직한 리셀과는 성격 자체가 확연하게 달랐다.

'아무래도 내 성품은 어머니를 닮은 것 같군. 생각해 보니 틀림없어. 평생 동안 한 남자를 철석같이 믿는 고지식함과 왕실 감찰부의 집요한 심문에도 끝까지 입을 열지 않은 우직함을 내가 고스란히 물려받은 거야.'

두 여인이 필사적으로 설득하려 했지만 리셀의 귀에는 들려오지 않았다. 묵묵히 듣던 리셀이 차갑게 한마디를 내뱉었다.

"그 무슨 말을 하더라도 난 트레모어 공작을 아버지로 인정할 마음이 없소. 그가 나를 죽이기 위해 암살자를 파견한 순간 우린 돌이킬 수 없는 강을 건너버렸소."

순간 두 여인의 얼굴이 핼쑥해졌다. 정황을 보니 그 사실을 모르고 있는 것 같았다. 설마 아버지가 블레이드 헌터를 죽이기 위해 암살자를 파견했단 말인가? 말문이 막힌 여인들을 보며 리셀이 냉랭하게 축객령을 내렸다.

"한번 엎질러진 물은 어떤 말로도 다시 담을 수 없으니 이만 돌아가시오."

리셀이 순순히 말을 들어 먹지 않자 에너벨의 눈빛이 표

독해졌다. 새틴 역시 마찬가지였다. 그러나 그녀들은 결코 속내를 겉으로 내비치지 않았다.

"알겠어요. 오빠의 결심이 그토록 확고하다니 더 이상 말하지 않겠어요. 하지만 한 가지만 명심하세요. 혈연은 사람 맘대로 단절시키고 말고 할 수 있는 게 아니라는 것을요."

바로 그때 어린 새틴이 실언을 했다. 속에 품고 있던 말을 무심코 내뱉어버린 것이다.

"세아트 평원은 어떤 경우에도 내놓을 수 없어요. 우리 트레모어 공작가에겐 최후의 보루나 마찬가지인 영토이니까요. 아버지의 피를 물려받았다면 더 이상 이번 사태에 개입하지 마세요. 아스트리아인인 오빠가 굳이 베텔 왕실의 편을 들 이유가 없잖아요? 아버지가 아니었다면 오빠가 세상 구경이나 했을 것 같아요?"

에너벨이 화들짝 놀라 새틴의 입을 틀어막았지만 이미 말은 흘러나온 다음이었다. 리셀의 눈빛이 날카롭게 빛났다.

'역시 트레모어 공작가에서는 세아트 평원을 순순히 내어주지 않으려 하는군.'

정황을 보니 상황이 그렇게 진행될 것 같았다. 트레모어 공작가는 왕실보다 병력도 많고 기사 전력도 충실하다. 만약 그들이 약속을 어긴다면 힘이 없는 베텔 왕실에서 어떻게 하겠는가?

공증을 선 두 후작가에서 분노를 표출하겠지만 막상 그들이 군대를 지원해줄 가능성은 희박했다. 그들에게 도대체 무슨 이득이 있다고 병사를 지원해 주겠는가? 에너벨이 급히 사태를 진정시키려 했다.

"어린 새턴이 말실수를 했네요. 부디 마음에 담아두지 마세요."

그러나 새턴의 한마디로 인해 리셀은 트레모어 공작가의 꿍꿍이를 명확히 알 수 있었다. 애당초 두 여인을 자신에게 보낸 것은 리셀의 행동을 미연에 봉쇄하려는 의도일 터였다.

"그럼 저희들은 가보겠어요. 다음에 또 찾아뵙겠어요."

꾸벅 절을 한 여인들이 시종들의 안내를 받으며 밖으로 나갔다. 홀로 남겨진 리셀의 눈빛은 이글이글 타오르고 있었다.

"정말 화가 나는군. 약속을 그토록 헌신짝처럼 뒤집다니 말이야."

"신발을 도대체 왜 뒤집어? 점칠 일이라도 있나?"

때마침 해밀턴이 풍딴지같은 소릴 하며 들어왔다. 리셀이 다가가서 그의 어깨를 붙잡았다.

"베텔 왕궁에 마법 통신실이 있나?"

"물론 있지. 그런데 뭘 하려고?"

"옛 주군과 통신을 하고 싶다. 그러니 마정석 하나만 지원해줬으면 해. 가능하겠지?"

"옛 주군이라면 루카스 후작 말이야? 흠, 아버지에게 말한다면 가능하긴 할 거야. 네가 쓴다면 두 말도 없이 내어주실걸?"

"부탁한다. 급한 일이야."

"그러지. 이곳에서 기다려. 금방 다녀올 테니."

잠시 후 해밀턴은 마정석 하나를 들고 왔다. 리셀에게 필요하다는 말에 국왕이 두 말도 없이 내어준 것이다.

"날 따라와. 마법 통신실로 안내해 줄 테니."

"함께 가자. 너도 내용을 알아야 할 테니 말이야."

베텔 왕궁의 마법 통신실은 매우 협소했다. 마법 통신을 할 일이 그리 많지 않아서 그런 것 같았다. 그러나 있을 만한 것은 다 있었다. 근무하던 마법사가 바짝 긴장하며 고개를 숙였다. 태도를 보니 미리 국왕의 언질을 받은 모양이었다.

"어서 오십시오. 마법 통신을 어디로 연결하실 것입니까?"

"아스트리아 제국의 루카스 후작가와 연결해 주십시오. 통신 좌표를 알려드리리다."

좌표를 불러주자 마법사가 즉시 수정 구슬에 마정석을 끼워 넣고 통신을 시도했다. 오래지 않아 신호가 잡혔다.

약간의 잡음과 함께 수정 구슬에서 음성이 흘러나왔다.

마정석의 마나를 아끼기 위해 음성만을 연결한 모양이었다.

"루카스 후작가의 영주성입니다. 무슨 일이십니까?"

모르는 좌표에서 통신 요청이 들어오니 경계하는 티가 역력했다. 리셀이 수정 구슬로 다가가서 입을 열었다.

"안녕하십니까? 저는 한때 루카스 후작가의 기사였던 리셀입니다. 후작 각하와 통신을 하고 싶습니다. 혹시 가능하겠습니까?"

그 말이 끝나는 순간 우당탕 하는 소리가 울려 퍼졌다. 통신 담당 마법사가 깜짝 놀라 뒤로 넘어진 것 같았다. 잠시 후 신음 소리와 함께 격양된 음성이 흘러나왔다.

"어이쿠, 허리야. 프라임 나이트 리셀 경? 이거 만나 뵙게 되어 영광입니다. 후작 각하와 통신을 하고 싶다고 하셨습니까? 조금만 기다리십시오. 즉각 보고하도록 하겠습니다."

수정구 저편에서 들려오는 소란에 리셀이 쓴웃음을 지었다. 그러나 통신 담당 마법사와 해밀턴은 놀란 표정을 짓고 있었다. 새삼 리셀이 루카스 후작가에서 차지하는 위상을 짐작해볼 수 있는 반응이었다.

오래지 않아 수정구에서 음성이 흘러나왔다. 한 번에 알아들을 수 있는 옛 주군 엘빈의 음성이었다.

"리셀? 리셀인가?"

"그렇습니다, 주군."

리셀이 고개를 끄덕이자 마법사가 즉각 수정구의 영상을 활성화시켰다. 수정구 표면이 흐릿해지더니 엘빈의 얼굴이 나타났다. 떠날 때보다 다소 수척해진 얼굴이었다.

"역시 리셀 너였군. 왜 이렇게 늦게 연락했느냐? 내가 얼마나 기다렸는지 아느냐?"

"용서하십시오, 주군."

"어쨌거나 네 얼굴을 다시 볼 수 있게 되어 정말 반갑다."

머뭇거리던 엘빈이 힘들게 입을 열었다.

"그래, 아버지는 만났느냐?"

리셀이 조용히 고개를 끄덕였다.

"만났습니다."

순간 엘빈의 표정이 어두워졌다. 한눈에 보아도 낙심하는 기색이 역력했다.

"저, 정말 잘되었구나. 추, 축하한다."

"하지만 주군. 그는 절 아들로 인정하지 않았습니다."

이어진 리셀의 말에 엘빈의 안색이 환히 밝아졌다. 마치 한 인간의 표정이 이토록 급격히 변할 수 있다는 것을 보여주려는 듯했다. 흥분했는지 수정구에서 흘러나오는 음성이 가늘게 떨렸다.

"그, 그렇다면……."

"염치없지만 주군께 복귀하고 싶습니다. 부디 루카스 후작가의 기사로 돌아가는 것을 허락해주십시오."

수정구 속의 엘빈이 정신없이 고개를 끄덕였다.

"네가 떠날 때 이미 말하지 않았느냐? 루카스 후작가의 문은 언제든지 널 위해서 열려 있다고 말이다. 돌아오너라. 널 위해 성대하게 잔치를 벌여주마."

리셀은 가슴이 뭉클해지는 것을 느꼈다. 한 번 떠난 기사를 두 말도 없이 받아주니 당연히 고마울 수밖에 없었다.

"정말 감사합니다, 주군."

"쓸데없는 소리. 네가 가문에 해준 것을 생각하면 내가 도대체 무엇을 아까워하겠느냐?"

"주군. 좋은 소식이 한 가지 있습니다."

"뭐냐? 말해보아라."

"아그리아 공작 가문에 더 이상 블레이드 오너는 존재하지 않습니다. 아그리아 공작가의 숨겨진 전력으로 생각하던 블레이드 오너 카르멜이 알고 보니 베텔 왕국에 숨어 있었습니다."

"그게 정말이냐? 그놈이 도대체 왜 베텔 왕국으로 간 게지?"

리셀은 즉각 카르멜에 얽힌 비사를 알려주었다. 모든 사실을 듣고 난 엘빈이 너털웃음을 터뜨렸다. 그의 입장에서는 트레모어 공작의 어리석음이 실로 고마울 수밖에 없었다.

"허허허. 그것참 우스운 일이로구나. 죄를 짓고 도망친 블레이드 오너를 양자로 삼았으면서 정작 품속으로 날아온 블레이드 헌터를 내치다니 참으로 어처구니없는 일이지."

"어쨌거나 카르멜은 제 손으로 처단했습니다. 그러니 주군께서 더 이상 걱정하지 않으셔도 될 것 같습니다."

"너는 언제 어디서든 루카스 후작가를 위해 공을 세우는구나. 어서 돌아오너라. 하루라도 빨리 네 얼굴을 보고 싶다."

"그리고 주군. 한 가지 부탁이 있습니다."

"말해보아라."

리셀이 조용히 용건을 말했다. 옆에서 그것을 들은 해밀턴이 놀라움을 금치 못했다. 리셀은 그가 전혀 상상하지 못한 부탁을 주군에게 하고 있었다. 그러나 엘빈은 대수롭지 않다는 듯 고개를 끄덕였다.

"흠, 그리 어렵지 않은 조건이로구나. 걱정하지 마라. 내가 친히 황제 폐하께 보고하여 허락을 받아내겠다. 오래지 않아 결과가 베텔 왕국으로 전달될 것이다. 그건 그렇고 그 일을 처리하려면 부득이 네가 베텔 왕국에 조금 더 머물러야겠구나."

"그래야 할 것 같습니다. 주군."

"널 빨리 보지 못하는 것이 안타깝긴 하지만 어쩔 수 없는 일이지. 서둘러 일을 처리하고 귀환하도록 해라. 내 국경 지대에 호위 병력을 대기시켜 놓겠다."

리셀이 빙그레 미소를 지었다.

"그러실 필요 없습니다, 주군. 귀환 길에는 오랜만에 친구를 부를까 생각 중입니다."

엘빈은 리셀이 거론한 친구가 누구인지 대번에 알아차렸다.

"하핫. 훌륭한 선택이다. 친구에게 부탁하면 빠르고 손쉽게 귀환할 수 있을 테니 말이다. 그럼 각별히 몸조심하도록 해라. 부탁한 일은 가급적 빨리 처리해 줄 테니 말이다."

"알겠습니다, 주군. 제가 도착할 때까지 보증하십시오."

"하루라도 널 빨리 만나기를 기원하겠다."

그 말을 마치자 수정구의 영상이 흐릿해지더니 이내 완전히 사라졌다. 마정석의 마나가 다 닳은 것이다. 통신을 마친 리셀의 눈빛은 끊임없이 흔들리고 있었다.

"역시 주군이시로군. 그분께 내 검과 목숨을 바치기로 한 것은 정말로 훌륭한 선택이었어."

"흠, 나도 그렇게 생각해. 정말 인품이 훌륭한 분이시로군. 그런데 네가 말한 부탁, 그게 도대체 가능하긴 한 거야?"

리셀이 미소를 지으며 해밀턴의 어깨를 두드려 주었다.

"약속은 어떠한 일이 있어도 지켜져야 해. 내가 모시는 주군의 철학도 그러하지. 그러니 걱정할 필요 없어."

"어쨌거나 고맙다. 우리 왕실을 위해 이렇게 신경을 써줘서."

"고마우면 술이나 내놔 봐. 술이 고파서 뱃속의 술벌레가 난동을 부리고 있으니 말이야."

"크하하핫. 그것참 반가운 소리로군. 어서 가자. 나 역시 마찬가지니까 말이야."

리셀과 해밀턴이 사이좋게 어깨동무를 하고 마법 통신실을 나섰다. 뜻밖의 비밀을 알게 된 통신 마법사가 이 사실을 국왕에게 보고하기 위해 정신없이 달려가고 있었다.

〈다음 권에서 계속〉

김정률 작가 팬카페
http://cafe.daum.net/Sword

『생사신』,『삼류자객』,『천마봉』의 작가!
몽월 신무협 장편 소설

『도지산』

명공명무(名工名武)라, 천지악에게 주어진 건
일렁이는 불길이었으되 그 자신으로 한 자루 명도가 되어
강호를 베어낼, 처절한 숙명이었다!

無敵名

무적명

백준 신무협 장편소설

ORIENTAL FANTASY STORY & ADVENTURE

멸문당한 장백파에 남아 있던 핏빛 글귀.
무적명(無敵名) 만리행(萬里行)
무적의 이름은 만리를 간다.

백준 신무협 장편소설
『무적명』

사형과 같은 길을 걷다 보면 그가 오리라!
강호를 종횡하며 사문의 원수 무적명을 부른다!

dream books
드림북스

최대 연재 사이트 문피아
독자 조회수 1위! 독자 선호도 1위!

『아독』, 『백발검신』의 작가!
이광섭 판타지 장편소설

전장의 신이 되어라!

천방지축 아이더의 대책 없는 영웅 서사시

새로운 영웅의 탄생을 기다리는 검술의 시대
실전의 꽃, 전장검술을 들고 아이더가 강림했다!

『숲의 종족 클로네』, 『은빛마계왕』의 작가,
이환 대표작 『정령왕 엘퀴네스』 완전 개정판!

어설픈 정령왕의 좌충우돌 모험기를 다시 만난다!

컬러 일러스트·네 칸 만화·캐릭터 프로필 & QnA
매권 미공개 외전 수록!